Les Ombres de la Mort

Carine Deschepper

Les Ombres
de la Mort

Nouvelles
PGCOM Editions

Les Ombres de la Mort
© PGCOM Editions 2013
Tous droits réservés
http://www.pgcomeditions.com/
ISBN : 978-2-917822-27-2

Sommaire

A Édith B-C, mon premier soutien littéraire.

A Céciline et Grégory, mes enfants.

A Olivia R. et Alain B., dont l'amitié, la loyauté et le soutien sont sans faille depuis des années.

Merci.

CACHE-TÉNÈBRES

J'ai connu Paul il y a bien longtemps alors que nous étions à l'aube de la plus grande ascension de notre vie... Deux amoureux de l'action, deux alpinistes dont les chemins se sont croisés un jour et qui sont partis chercher l'aventure sur les hauteurs dominant le monde. Notre enthousiasme et notre amitié alors naissante faisaient de nous une équipe à qui rien ne pourrait barrer la route. Ni cette violente tempête annoncée pour le soir même de notre arrivée sur les lieux du premier campement, ni le froid extrême qui nous y attendait malgré notre équipement et l'endroit relativement protégé où nous avions choisi de nous poser quelques heures afin de récupérer un peu. Rien ne nous ferait rebrousser chemin, pas même ce monstre que l'on entendait grogner non loin de nos tentes, tapi dans l'ombre de la nuit, ce dragon géant, d'un rouge flamboyant, le dernier de sa race d'après nos informations. Il était venu se terrer dans ces cavernes, derniers remparts de sa forteresse rocheuse, pour survivre au danger que représentaient à présent pour lui les êtres humains bien décidés, comme nous l'étions nous- mêmes, à l'exterminer. Ce monstre cracheur de feu sortit soudainement de sa grotte en fonçant à une vitesse vertigineuse droit sur nous... Nous voilà, d'un regard échangé, armés de nos glaives et prêts à en découdre. Ha, oui, excusez-moi, j'ai oublié de préciser, ce jour précis où la grande aventure que je vous conte ici commençait, ce jour béni où je fis la connaissance de Paul, c'était le jour de la rentrée scolaire, dans la cour de l'école maternelle, plus exactement sur l'échelle du toboggan que nous escaladions ensemble. Ce jour-là, nous avons bien évidemment vaincu le monstre, ensemble, soudant ainsi par cet acte de bravoure, digne des chevaliers de la

11

belle époque, une amitié qui survivrait envers et contre tous, tout au long de notre vie.

Toute notre enfance s'est déroulée ainsi, comme dans un monde parallèle, au cœur de nos aventures, au gré de nos imaginations débordantes. Nos parents s'étaient liés d'amitié, ce qui nous a permis, à notre plus grande joie, de vivre et de grandir quasiment comme deux frères. Que dis-je quasiment, nous étions des frères. Ensemble, nous avons partagé nos premières bêtises, nos premiers accidents, nos défis, nos rêves, nos premières fois...

Paul était le plus séduisant de nous deux. Bien évidemment. Les jeunes filles fondaient toutes littéralement devant ce jeune homme volontaire, toujours souriant, sachant toujours quoi dire, comment se comporter, comment les flatter et surtout comment les regarder avec ses yeux d'un bleu si clair sous une mèche de cheveux si noirs... Elles craquaient toutes. Ceci dit, j'ai connu grâce à lui mes plus belles amours. Et ainsi, se sont écoulées dix-huit années, sans que l'on s'en rende vraiment compte. Et quand il a fallu prendre des décisions concernant notre avenir, c'est donc tout naturellement que nous nous sommes engagés ensemble il y a sept ans au sein de l'armée. L'aventure, les voyages, l'action. L'armée, c'était une évidence depuis toujours pour nous. Impossible d'envisager une vie sage et rangée, prévisible, et routinière. Il nous fallait pouvoir bouger, et nous rendre plus qu'utiles, il nous fallait notre dose d'adrénaline, d'action, de responsabilités. Il fallait conserver cette envie de nous surpasser. Nos avons fini par être affectés dans la même unité puis déployés, il y a quelques semaines, dans cet enfer. Une guerre qui a éclaté à la surprise générale et dès lors, tout s'est déroulé fort rapidement.

Il y a deux jours à peine, nous avons reçu l'ordre de sécuriser un petit hameau dans les montagnes. Le lieu était certifié désert. A peine arrivés, nous nous sommes retrouvés sous des tirs croisés. Les rebelles tenaient le fief depuis la nuit précédente, après le passage de nos drones. Nous étions peu nombreux, et à découvert.

12

Paul est tombé presque instantanément. Une balle lui a tranché en partie la jugulaire. J'ai traîné son corps comme j'ai pu jusque derrière un petit mur de pierre. J'entendais notre radio lancer une demande de renfort sur zone. Les coups de feu pleuvaient. Nous avons résisté tant que nous avions des munitions. Quand le silence fut revenu, je savais que nous serions abattus si nous restions sur place. Je me suis retourné vers Paul. Les quelques secondes, que toute cette attaque a duré, ont suffi à le vider de son sang. Le jeune soldat à mes côtés pleurait, paniqué, les mains rouges et tremblantes, les seringues de morphine vides au sol, il n'a absolument rien pu faire. Paul est parti comme ça, en l'espace d'un battement de cil, en l'espace d'un sifflement de balle... Les insurgés étaient presque sur nous lorsque le village fut bombardé par nos renforts. La zone fut nettoyée et notre unité prit position. Notre première mission fut de rapatrier nos morts au camp de base.

A présent, les coups de feu résonnent encore malgré la nuit noire. Nous sommes postés dans ces vieux baraquements depuis maintenant trente-six heures avec pour ordre de maintenir la position à tout prix. Les réserves de munitions sont minces et le ravitaillement tarde à venir. Nous devons encore tenir quelques heures. Pour un endroit qui devait être désert, toute mon unité est sous un feu ennemi nourri depuis son arrivée. Les insurgés ont pris d'assaut les collines alentour et bloquent à présent la seule route menant à notre position. Si nous recevons un ravitaillement ou des renforts, ils ne pourront être qu'aériens.

Mon supérieur direct me donne l'ordre de prendre deux hommes et d'aller inspecter chaque bâtisse pour éviter les mauvaises surprises. Les insurgés vont tout tenter pour reprendre le contrôle de ces lieux, et toute intrusion d'un des leurs dans nos murs pourrait nous coûter la vie. Cet endroit est bourré de petites maisons, de recoins, de vrais pièges. Dans l'obscurité, nous partons donc à trois dans les ruelles du hameau. Chaque recoin, chaque maison, chaque pièce, tout sera passé au peigne fin avant le lever du jour. En cas de problème, la consigne est simple. Pas de prisonnier.

Je remarque que les tirs sont moins intenses et le silence qui s'installe ne me plaît guère. Cette impression de calme avant le déchaînement des enfers m'a toujours insupporté. Au cœur de l'action, on n'a pas le temps d'avoir peur, pas le temps non plus de réfléchir, de ressasser, de se souvenir... Se souvenir du visage de son frère agonisant... Et merde, voilà, les voilà ces putains d'idées noires à bannir de sa tête dans des instants pareils. Un craquement. Je n'ai pas rêvé. Il y a quelque chose dans cette grange. M'approchant lentement de la porte, je m'aperçois qu'elle est bel et bien entrouverte. Je regarde où sont les deux autres et ne vois personne. C'est donc seul que j'entre prudemment. Mais quelle est cette odeur familière ? Non, non, n'y pense pas, c'est ton imagination. Non, non, c'est bien cela. C'est une odeur de cigares, l'odeur des cigares préférés de Paul, et je perçois même le fumet de son after-shave. Abruti, c'est comme ça qu'on se fait descendre, laisse voguer tes idées et ton imagination pendant qu'un ennemi bien caché commence à te placer dans sa ligne de mire... Je passe alors au crible chaque recoin de cette fichue grange et ne trouve personne. Je ne trouve que ce malaise si pesant. Il n'y a personne, pas âme qui vive et pourtant je suis persuadé d'avoir entendu bouger.

De retour auprès du sergent, je fais mon rapport et ne peut m'empêcher de déclarer avoir trouvé des traces d'une présence sans toutefois avoir vu qui que ce soit. Ces mots nous valent une seconde ronde dans le village. Mais à peine avons-nous passé la première ruelle située juste après notre bunker de fortune que nous nous retrouvons pris sous des tirs de mortiers. L'ennemi s'est rapproché et il est maintenant très lourdement armé. Si les renforts n'arrivent pas rapidement, nous allons être massacrés, ici, cette nuit.

Un obus tombe à quelques mètres de moi, emportant avec lui dans une explosion magistrale les restes du jeune soldat infirmier de mon unité. Un gosse à peine sorti des jupes de sa mère ne devrait pas se retrouver ici. Pas dans cet enfer. Notre unité est réputée pour avoir à accomplir toutes les missions annoncées comme missions-suicides. Il était trop jeune, et bien qu'impressionnant à l'entraînement, il n'avait pas encore acquis l'expérience suffisante ni le mental pour supporter tout cela. Dans quelque temps, sa mère recevra la visite tant redoutée et gardera pour ultime souvenir de son fils, une médaille... Il a signé... c'est ce que tous ici présents vous répondront...

Les mortiers s'en donnent à cœur joie, toute l'atmosphère du village a changé, nous sommes maintenant ensevelis sous les nuages de poussière, les poumons brûlant à chaque respiration et le tout baigné dans une lumière rougeoyante, orangée, chargée du feu de la guerre.

J'ai trouvé refuge dans la même grange que je fouillais quelques minutes plus tôt, c'est la plus éloignée des bâtiments visés. J'essaie de repérer les positions des autres soldats de mon unité. Là, en m'attardant sur les rues que je peux surveiller de ma position, je fais l'erreur d'observer les cadavres et une autre erreur fatale, celle de compter approximativement, combien il y en a. Si je ne me trompe pas, nous ne sommes plus que quatre. Putain, mais que foutent les renforts. La situation est totalement hors de contrôle depuis ce dernier assaut des rebelles.

Le bruit des tirs de mortiers n'a pas cessé, ils ne savent pas exactement combien nous sommes encore, mais ils annoncent par leurs tirs appuyés une fin de nuit très difficile... et un lendemain encore pire... Ces enfoirés veulent le contrôle des lieux.

Nous, nous arrivons à la fin de nos munitions. Et même s'ils ignorent notre nombre, ils l'ont compris. Nous pouvons voir deux groupes d'une dizaine d'hommes chacun approcher du village, couverts par le reste des insurgés dont je ne vais même pas essayer d'évaluer le nombre. A présent que le soleil est levé, nous pouvons voir que nous sommes totalement encerclés, pris dans un piège encore plus serré que nous l'avions envisagé. Notre radio ne fonctionne plus, aucun moyen de savoir si les hélicos ont décollés, si des renforts arrivent, et quand... Il nous reste à trouver des planques

15

stratégiquement bien placées pour résister encore autant que possible et emporter le plus possible d'ennemis avec nous dans la tombe.

Un cache-cache dangereux avec les insurgés commence. Avec les insurgés, avec la mort... La partie va être rude.

Je décide de rester dans cette grange, c'est le bâtiment le plus éloigné, le plus en hauteur, idéal pour les voir venir. Et puis, je ne sais pas, après le malaise de cette nuit, je n'ai quand même pas envie de me trouver ailleurs qu'ici. Je grimpe jusqu'à la fenêtre à l'étage et me place avec mon fusil, prêt à descendre tout ce qui bouge aux alentours. De mon poste d'observation, je peux voir mes trois autres compagnons d'armes. Un silence de mort pèse à présent sur le village. Les brumes des tirs de la nuit ne se sont pas encore totalement dispersées, assombrissant un peu les lieux. L'odeur de poudre, de sang, de poussière emplit l'atmosphère.

Collé à mon viseur, je regarde les insurgés inspecter les lieux comme nous l'avons fait un moment plus tôt, avec la même minutie. Allez, allez, approchez encore un peu bandes d'enfoirés. « Un tir, une balle, un mort ». Le premier est tombé d'une balle entre les deux yeux. Les autres cherchent encore d'où venait le coup de feu. Je ne suis pas encore repéré. Chacun de nous opère ainsi pendant encore de longues minutes, l'un après l'autre. Un insurgé après l'autre.

Ils ont beau se cacher, au moindre mouvement, les tireurs d'élite que nous sommes en faisons tomber un de plus. Un autre puis un autre... Ils ne parviennent toujours pas à nous localiser précisément. Ceux qui se sont postés un peu plus bas, ont la possibilité que je n'aie pas de pouvoir bouger un peu et ainsi brouiller les pistes. Je me recolle à mon viseur et tombe sur le regard noir d'un des insurgés en train d'observer ma position. Il ouvre la bouche pour alerter les autres quand il reçoit une balle en pleine tête lui aussi. Merci Michaël. Il vient de me sauver la vie. Pour encore quelques minutes.

16

Soudain, alors que le reste des hommes approchent maintenant dangereusement de ma position, je perçois de l'agitation venant de leur campement au sud du village. Les hommes restés jusqu'ici silencieux pendant les affrontements de leur patrouille d'éclaireurs s'agitent, crient, et commencent à courir vers nous. Ils chargent enfin... Attendez une seconde, non, ils ne chargent pas, ils fuient. La cavalerie arrive... mais les rabat tous sur nous. Les chars de combat, avec appui aérien de quatre hélicoptères lourdement armés. On va peut-être survivre après tout. S'ils sont assez rapides. S'ils frappent vite et fort. Ils doivent à tout pris empêcher les rebelles d'entrer dans notre position.

Par logique, étant plus rapide que les hommes à pied et en Jeep, le spectacle fut réjouissant pour nous. Enfin, tout est relatif. Nous avons tenu la position, ils sont morts, et nous non. Mission accomplie. Les renforts et munitions arrivent. Il était temps. Les campements est-ouest et nord sont maintenant bien décidés à affronter nos forces avec toute la rage dont ils disposent. Une autre nuit d'hostilités sanguinaires est à prévoir.

Je suis las de tout cela. Ce soir je n'ai qu'une envie... Rentrer chez moi... Marre de tous ces corps, marre de toutes ces horreurs... Je n'ai pas dormi depuis tellement longtemps que malgré l'entraînement que nous avons reçu, je ne tiens plus. Mes forces m'ont lâché depuis longtemps... Et les pensées que je ne devrais pas avoir refont surface. Je fais ce que je ne devrais pas, je m'isole, je vais me terrer dans mon mal-être...

Assis contre ce mur, à des dizaines de milliers de kilomètres de chez moi, je revois le visage de Paul. Je le revois tomber, et tombe avec lui tout ce qui a cimenté toute ma vie. Son amitié, notre force car ensemble, nous pouvions gravir des montagnes, affronter des tempêtes, et même tuer des dragons mythiques et sauvages. Ensemble. Maintenant, je vais devoir ramener son cercueil à sa mère. Et lui dire quoi lorsqu'elle voudra savoir ce qui s'est passé. Comment son enfant est mort. Comment puis-je mettre des mots sur cet enfer ?

Cette odeur de cigare me revient soudain aux narines. Secouant la tête aussi fort que je peux, je veux chasser tout cela, mais rien n'y fait. Je nous revois maintenant adolescents, lorsque nous avons passé nos permis, pris nos cours de pilotage, fait de la plongée dans les îles plus tard, lors de nos permissions... je revois nos soirées de beuverie, nos soirs de folie avec de belles créatures amoureuses du prestige de l'uniforme... Et les larmes coulent sans que je m'en aperçoive. Avec elles, sortent de mon corps toutes mes convictions, toute ma rage, tout ce qu'on m'a appris.

Je veux rentrer. Je veux rentrer.

Le sergent m'appelle. Les affaires reprennent. On nous informe qu'il y avait de nombreux civils dans ce village contrairement aux informations initiales et qu'il n'y a aucune trace d'eux nulle part. Nous serions arrivés ici très peu de temps après les insurgés. Ils n'auraient visiblement pas eu le temps matériel de les faire tous prisonniers. Alors où sont-ils ? Pendant qu'une partie des renforts s'emploient à sécuriser tous les contours du hameau, nous avons ordre de trouver des réponses.

Je vous le répète, ici, c'est un enfer. Pas seulement à cause des tueries, cela fait partie de notre boulot. Mais parce que nous n'avons jamais les bonnes informations. Il y a un nombre incalculable d'erreurs de commises, de fausses indications, de pièges, de leurres... Nous voilà maintenant sur les traces de civils dont il n'y a aucune preuve qu'ils ont existé ici ces dernières semaines. Après trois fouilles en règle des habitations, à quoi pensent-ils ?! Nous l'avons fait deux fois, les insurgés au moins une... nous ne trouverons rien... cela ne sert à rien... Je vais aller dans ma grange, je leur laisse le plaisir de perdre leur temps... Moi, j'abandonne la partie... Je me prends quelques instants de repos, au diable les ordres, au diable le sergent, au diable cette guerre... Je vais me poser là, attendre... et... et rien...

Si vous pouviez entendre... les coups de feu résonnent encore dans les environs. Les forces alliées venues renfoncer la zone ont vraiment du mal avec les rebelles. Ils combattent pour mourir en martyrs. C'est pour cela qu'ils ne cessent jamais, c'est leur but ultime... alors que nous, pourquoi sommes-nous ici ? Le savons-nous encore seulement. Nous obéissons aux ordres et c'est tout. De bons soldats, les meilleurs même. Oui, obéissons...

Je devrais cesser de ressasser toutes ces pensées. Me revoilà les narines pleines de cette odeur si familière... Mais... et si... et si cela ne venait pas de mon imagination... Si j'avais bien entendu un bruit cette nuit venant d'ici... Et si il existait une vraie cachette... Peut-être devrais-je essayer de répondre à ces questions... M'occuper l'esprit à autre chose avant de devenir fou...

J'ai passé au crible chaque recoin de cette putain de grange pendant deux bonnes heures et rien. Je n'ai rien trouvé. Le jour commence à faiblir, une journée de plus vient de passer. J'ai l'impression d'avoir passé un siècle dans ces murs, je perds toute notion de temps qui passe, je me décide à sortir et rejoindre les autres.

L'atmosphère est toujours chargée de l'odeur de poudre et de sang. Les lieux rougeoient sous les lueurs des incendies brûlant encore, des foyers ravivés par le vent et la chaleur qui règnent ici en permanence. Je redescends les rues du village tranquillement, écoutant toujours les tirs lointains. Soudain, une ombre se faufile sur ma gauche... Et cette fois, cela ne fait aucun doute. Il y a bien quelque chose. Cela peut-être n'importe quoi, un chat, n'importe quoi, sauf un soldat... Ça n'en avait ni l'allure, ni la carrure, ni la rapidité de mouvement. J'entends maintenant un petit frottement rapide. L'animal ou la personne est passé derrière une petite maison minuscule. Je me guide au bruit tout en scrutant le sol à la recherche d'empreintes ou d'indices, mais le terrain est si sec et accidenté qu'il est impossible d'y lire quoi que ce soit.

Merde. En contournant la maison, je me retrouve dans une impasse. Un bruit à l'intérieur m'indique où chercher. J'entre. La petite pièce principale semble pourtant déserte. Ce jeu commence à m'énerver. Nous sommes une multitude de soldats, les lieux sont minuscules, je suis sur une piste, et pourtant rien. Rien, personne. N'ayant guère d'autre choix, je reviens sur mes pas, tendant l'oreille. Faisant signe à un des survivants de mon unité de rester sur ses gardes également, je lui indique de guetter le haut de la rue alors que j'entreprends de refaire un dernier tour de la maison.

Las de chercher en vain autour de ces quatre murs, je me décide à élargir la zone de recherches et retourne auprès de Dom, resté en faction plus haut. Je lui demande d'aller chercher quelques hommes pour ratisser les lieux. De mon côté, je me dirige vers un petit lot de baraques accolées les unes avec les autres. Si quelqu'un se cache ici, je vais mettre la main dessus. En silence, j'approche d'une des portes, je jette un dernier coup d'œil dans la rue et là, au coin d'un immeuble de deux étages, je jurerai apercevoir une petite fille... Elle pénètre dans le bâtiment par une porte cochère et disparaît à l'intérieur.

Après le combat nocturne avec les insurgés, une autre partie de cache-cache commence...

Je dois la retrouver, une enfant. Il y a une enfant au beau milieu de cette horreur. On doit la sortir d'ici. Il va falloir agir en douceur, elle doit être suffisamment effrayée comme cela. Si elle a tout vu la nuit dernière... Décidément, je ne ressortirai pas indemne de ce conflit. C'est une certitude à présent.

Une fois à l'intérieur de l'immeuble, je guette le moindre frémissement, le moindre mouvement de gravats, un indice qui m'indiquerait où aller. Où une enfant perdue, livrée à elle-même dans de telles circonstances pourrait bien aller se cacher. Un petit bruit dans un dégagement au fond de la pièce principale m'alerte. Je m'y dirige rapidement, car il se trouve tout près d'une sortie si j'en juge par la lumière qui entre dans ce coin de la pièce.

Une fois sur place. Rien. Encore. Comment fait-elle ? Elle parvient à m'échapper avec une facilité déconcertante. Mais par contre, cette fois, quelques traces sur le sol rouge sang me donnent une indication sur la direction qu'elle a prise. Elle remonte vers le haut du hameau. Je suis la piste de cette enfant alors que de nouveau, autour de nous et un peu plus proche, une autre attaque des rebelles semble nous remettre en danger. Quelques mortiers réussissent à atteindre les portes du camp de base, malgré l'appui des chars.

Je ne me résous pas cependant à rejoindre le combat. Je veux trouver cette enfant. Je veux la sortir de là. Si je pars auprès des autres et qu'à la prochaine accalmie, je tombe sur son corps... Non, non, je dois la trouver. A force de la traquer dans les rues, je finis par l'apercevoir au loin, elle court vers une autre ombre, près d'une maison totalement écroulée.

Je dois halluciner, avec la fatigue, je jurerai que quelqu'un fume le cigare à côté de moi. L'odeur est très forte et vient de m'arriver au visage comme si on m'avait craché la fumée dessus. Il n'y a personne autour de moi. Ça suffit, attrape cette gosse et sors de là ! L'esprit humain poussé à bout s'amuse souvent à nos jouer de mauvais tours, mais je dois rester concentré, encore un moment.

En me rapprochant, avançant dans l'obscurité pour qu'elle ne me repère pas, je vois qu'elle est encore plus jeune que ce que je croyais. Elle ne doit pas avoir plus de cinq ou six ans. Et elle a rejoint quelqu'un. Une femme si j'en juge par sa silhouette. Et pour la première fois depuis que j'ai aperçu cette petite fille, j'entends le son de sa voix. :

– Mamaaaaa !

Elle a rejoint sa mère. Je suis maintenant tout près, et peux mieux les distinguer toutes les deux. La mère, la mère, elle est absolument merveilleuse, d'une beauté à couper le souffle comme si un ange venait de se poser au milieu d'un paysage de désolation et de

douleur. Ses longs cheveux bruns flottant dans la légère brise soufflant sur nous ses relents de mort et de poudre. Des yeux noirs em-
plis de larmes semblant implorer un quelconque miracle. Ses yeux...
justement ses yeux... Son regard... Me transperce littéralement.

Je m'apprête à leur parler quand une explosion fait voler en
éclat un mur proche de moi, me noyant dans un nuage noir de
poussière. Je n'ai rien. Il s'en est fallu de peu... Mais elles ont disparu. Je me décide à les appeler. Je veux qu'elles aient confiance en
moi. Il faut qu'elles cessent de fuir ou la prochaine explosion
risquerait de les tuer. Elles doivent m'entendre, m'écouter et venir à
moi.

Plusieurs minutes s'écoulent, et rien. Je ne retrouve aucune
trace. J'inspecte quatre maisons supplémentaires, presque arrivé de
nouveau en haut du hameau, il ne reste plus beaucoup d'endroits
où les chercher... Soudain, cette odeur familière revient... Ce fichu
cigare dont je n'ai jamais pu retenir le nom, celui que fumait Paul
depuis des années, et... ce petit rire... C'est impossible...

C'est pourtant bien un homme que j'entends dans la pénombre, sur le pas de la porte de la grange. Cette putain de grange qui
me fait chier et me protège depuis mon arrivée ici... C'est le même
rire... la même voix... Et soudain, un visage apparaît dans la clarté...
Paul. C'est bien Paul, mais vêtu en civil. Dans son éternel jogging
vert et blanc. Celui qu'il porte dès qu'il n'est plus en uniforme. Cette
fois, ça y est, j'en suis convaincu, je ne tourne pas rond. Il est là,
face à moi, me regarde droit dans les yeux... Je divague... C'est
certain. Je suis resté trop longtemps ici...

Me retournant vers le bas du village, je me rends compte que
les tirs ont cessé... Je ne m'en étais même pas aperçu. Mes compagnons d'armes sont en train de rassembler les corps des nouvelles
victimes, morts au combat... Ils emmènent les blessés dans une
tente de fortune près du camp de base... Personne ne se soucie de
ce que je suis en train de faire.

– Viens, Benjamin... Tu dois voir quelque chose... Elles sont ici.

Paul, Paul, mon ami, mon frère décédé sous mes yeux vient de me parler. Il s'enfonce dans l'obscurité de la grange... Je sais que tout ceci est impossible. Et pourtant je le suis... Je le suis jusqu'à l'intérieur de cette grange maintenant en ruines... Le dernier bombardement a dû être plus efficace que les autres. Elle aura reçu plusieurs tirs de mortiers... pendant que je partais sur les traces de cette petite... Je suis maintenant à quelques mètres à peine de Paul et ne peux me résoudre à m'approcher davantage de peur qu'il ne disparaisse. C'est si bon de le revoir...

Il me fait signe, je le suis jusqu'au fond de la pièce et jusqu'à ce tas de terre que je n'avais pas vu avant. Je ne l'avais pas vu et ne comprends plus ce qu'il se passe. Peut-être est-ce les explosions qui les ont fait ressortir... ces... ces... ces fosses creusées à la va-vite où tant de corps sont entassés...

Passé l'amoncellement de terre qui devrait reboucher ces trous béants, je me retrouve au bord d'un charnier humain. Des dizaines de civils abattus comme des chiens... Blessés et criblés de balles. Je viens de retrouver les habitants du village. Je retourne un premier cadavre, c'est un homme, un père sûrement, serrant fort l'une contre l'autre une femme et son enfant... les mêmes qui m'ont conduit jusqu'ici... je savais que son regard était... perçant, trop, étrange... Son regard était mort... malgré sa beauté, sa douceur, ses yeux étaient morts et je n'avais rien vu... Je n'avais pas compris. Comment l'aurais-je pu ?

Je cherche Paul des yeux. Il a disparu. La partie est à présent terminée... Ce soir, j'ai dû jouer à cache-cache avec les rebelles, avec la mort, avec les morts, avec les ténèbres... Ce soir, je sais qu'il faut que je parte... Ces horreurs m'ont imprégné au plus profond de mon âme...

Mes compagnons d'armes, mes frères, n'entendront qu'une seule détonation et me trouveront ici. Libéré. De retour chez moi, quand Paul était toujours là, quand nous étions encore innocents... je repars à la chasse au dragon avec mon frère, nous sommes de nouveau ces enfants...

CAPTIVE

- Je crois que je vais vomir !

Les deux amies se détournèrent brusquement de Patrick, victime consentante d'une soirée très bien arrosée. Penché au-dessus du caniveau, il ne se départit pourtant pas de son enthousiasme débordant.

- N'empêche, ça valait le coup ! Je vous l'avais dit que cette boite était d'enfer ! L'endroit idéal pour fêter ta prom... excusez-moi !

- Patrick, tu es dégoûtant !

- Chérie, ne dit-on pas pour le meilleur et pour le pire ?

- Oui, bien, on y est dans le pire là, allez, il fait froid, je veux rentrer, reprends-toi un peu !

- Hum... ouais chef. Tyran.

Camille regarde ses amis avec un air amusé. Ces deux-là se chamaillent toute la sainte journée, mais s'aiment plus fort que la plupart des couples qu'elle connaît !

- Les amis, dit-elle une fois arrivée sur le parking situé à un pâté de maisons de la boîte de nuit, c'est ici que je vous souhaite une bonne fin de nuit. Je suis garée juste au fond. Chloé, c'est toi qui conduis n'est-ce pas ?!

- Bien sûr, je tiens à la vie mam'zelle ! Lui répond son amie avec un clin d'œil.

La réaction ne se fait pas attendre.

- Ah non, qu'insinuez-vous là. Ma soûlerie a bel et bien disparu dans le caniveau il y a quelques minutes et de toute façon, même mort, je conduirais mieux que toi ma chérie.

- Ta soûlerie ? Allez, monte ! Non, côté passager, non négociable !

Devant l'air inquisiteur de Chloé, Patrick finit par céder et, résigné, il laisse donc le volant à sa bien-aimée.

- Rentrez bien tous les deux, leur lance Camille juste avant de se tourner en direction de sa voiture.

Ce n'est que lorsque la voiture de son amie disparaît à l'angle de la rue qu'elle se rend compte qu'il est bien tard et qu'il n'y a pas âme qui vive dans les parages. Le genre de lieux et de moments qui la rendent toujours très nerveuse. Pressant le pas vers sa voiture, elle ne peut s'empêcher de passer en revue dans sa tête toutes ces scènes de films d'horreur où elle se plaît à crier aux actrices qu'elles sont stupides, que c'est la meilleure façon de tomber entre les mains d'un psychopathe : en montant s'enfermer dans une pièce trop en hauteur pour envisager une fuite par la fenêtre, en se cachant sous un meuble quand il n'y a d'autres sorties que la porte par laquelle arrive le tueur, ou en restant seule en pleine nuit dans un parking désert... stupide. Elle aurait dû demander à Chloé d'attendre une minute et démarrer ensemble. La voilà qui commence à angoisser. La voiture n'est plus qu'à quelques mètres. Un bruit la fige sur place. Il y a quelqu'un.

- Ne sois pas stupide, tu n'es pas la seule personne garée ici ce soir. Tente-t-elle de se rassurer.

Les pas semblent pourtant se rapprocher et dans ce coin, elle ne peut s'empêcher de réaliser que seule sa voiture est encore garée là. Essayant vainement de se rassurer, elle ne cesse de se répéter :

- Quelles sont les chances que toi, ce soir, tu tombes sur un maniaque ? Juste parce que tu es une flippée de nature, tu te vois déjà dans les pires conditions... Tu vas te calmer, ouvrir ta voiture et démarrer. Une fois chez toi, tu riras jaune de t'être montrée aussi peureuse...

Mais ces efforts s'avèrent peu concluants. Une fois devant sa portière, c'est d'une main fébrile qu'elle cherche ses clés au fond de son sac. Clés qui bien sûr ont dû se glisser dans un repli, clés qui transforment ces quelques poignées de secondes en un interminable moment. Une ombre, là, juste derrière elle, son reflet dans

26

la vitre laisse deviner une silhouette humaine, qui s'approche, qui s'approche d'elle.

*

C'est une douleur lancinante à la tête qui la réveille. Camille, totalement perdue, tente de distinguer où elle se trouve, mais ses mouvements sont entravés. L'obscurité est totale. Elle a les pieds et poings liés, de cela elle est certaine. D'abord paniquée, elle s'agite de toutes ses forces, mais s'épuise plus qu'elle ne parvient à se dégager. Le bruit des lourdes chaînes, qui la retiennent prisonnière, ne font qu'accentuer sa terreur. Le bruit métallique résonne fort, mais attentive, elle ne perçoit aucun autre son. Rien en dehors de sa respiration et de ces foutues chaînes. Que faire, aucun son ne sort de sa bouche en dehors d'un vague gémissement qui lui arrache de vives douleurs à la gorge. Ses yeux piquent, ils sont inondés d'un liquide épais, probablement du sang si elle en juge par la douleur qu'elle ressent au front. Tout son corps est endolori en définitive. Elle a froid, et elle a faim. Depuis combien de temps est-elle ici, et qui l'a emmenée dans cet endroit ? Son dernier souvenir reste une vague ombre derrière elle alors qu'elle allait rentrer chez elle. Il a dû l'assommer, car aucun autre souvenir ne lui revient. Ses yeux commencent à s'habituer au noir... elle aurait souhaité qu'il n'en soit rien. Elle est dans une cave si elle ne se trompe pas. D'épais murs en vieilles pierres l'entourent. Des toiles d'araignée sont accrochées un peu partout. Aucun meuble. Une vieille porte épaisse en bois fait office de seul accès. Et cette caisse, une vulgaire caisse en bois et fer forgé de laquelle dépasse tout un tas d'outils. Une scie circulaire, des tenailles, une feuille de boucher, et le reste, elle ne veut même pas essayer de se l'imaginer. Soudain, elle est certaine de distinguer un bruit régulier au loin, mais ne veut pas... non, ne veut pas que ces pas approchent d'elle. Que peuvent-ils annoncer d'autre que l'aggravation de sa situation ? Un cauchemar éveillé. Oui, voilà, elle se fait juste une méchante hallucination causée par son imagina-tion débordante et son angoisse légendaire. En fait, elle sagement assise au volant de sa voiture, elle va se réveiller et pouvoir rentrer gentiment chez elle. Elle ferme les yeux aussi fort qu'elle le peut, mais une violente gifle la réveille. Une lumière vive et aveuglante est braquée sur son visage. Elle ne voit rien. C'est bien trop puissant.

- Hey, t'es réveillée ?! Mince alors, petite idiote. Tu dois mourir. C'est dans l'ordre des choses. Comment arrives-tu à résister encore ? Après tout ce que tu as déjà subi ?

La voix est celle d'une femme. Elle serait même douce et très sensuelle dans d'autres circonstances, avec d'autres mots. La lumière s'abaisse pour longer ses courbes, Camille parvient alors à voir l'état dans lequel elle se trouve. Elle est tailladée de partout, des pieds à la tête. Que lui a-t-elle fait ?

- Pitié, pitié, ce seul mot parvient à sortir de sa bouche. Elle peine à reconnaître sa propre voix, rocailleuse, presque éteinte.

- Pas de pitié, tu n'écoutes rien. Je te dis de mourir. Pourquoi n'écoutes-tu pas cela ?

- Pitié. Pourquoi me faites-vous cela ?

- Écoute-moi, écoute ma voix...

- Noooooon

- Écoute !! Quel est ton dernier souvenir ?

- Vous dans mon dos, sur le parking.

- Je n'ai jamais mis les pieds sur ton foutu parking ! Souviens-toi mieux que cela !

- ...

- D'accord, je ne le souhaite pas, mais mon temps est compté. Je n'aime pas faire cela, mais je n'ai pas le choix.

La femme se redresse et Camille parvient à mieux la distinguer. Elle ne semble pas bien grande, mince, mais il est impossible d'en dire davantage. Elle est vêtue d'une immense cape noire et d'un masque qui rappelle étrangement la tenue de Belphégor qui la faisait rêver étant enfant. Énigmatique et féerique il y quinze ans, devenue l'ombre de la mort aujourd'hui. Belphégor se retourne alors avec dans les mains une sorte de maillet. Avant même que Camille ait pu réagir ou penser, l'objet de torture s'abat violemment. Les coups pleuvent, sur la tête, le visage, les côtes, chaque coup arrache un bruit de branche d'arbre que l'on brise entre ses mains.

Les os de Camille cèdent les uns après les autres. Le dernier coup lui brise la mâchoire.

- Voilà, je n'entendrai plus tes supplications inutiles. Je suis là pour te sortir de cet enfer ma jolie, pas pour entendre « pitié, pitié, pitiéééé » Et pour que tout cela finisse, tu dois te souvenir, tu dois te souvenir, ALLEZ !!

Encore consciente, Camille croit devenir folle, folle de douleur, mais aussi folle à écouter parler cette femme, Belphégor qui la torture dans un but qu'elle ne comprend pas. Se souvenir de quoi bon sang. Y a-t-il seulement quelque chose à se remémorer ?

- Tu es une idiote ! Qu'attends-tu ? Qu'espères-tu ? De l'aide ? Tu crois que quelqu'un te cherche ? Qui ? Tes amis ? Ils ne s'inquiéteront pas de si tôt pour toi ! Tu n'as que moi. Et tu ne veux pas m'écouter. Tu sais, je ne suis pas un ange. Mes méthodes peuvent être un peu choquantes, j'en conviens, mais c'est pour ton bien. Si tout ce que je t'ai fait jusqu'ici n'a pas été de grande utilité. Si cela ne t'a pas suffi pour te souvenir, nous irons plus loin encore. Ha oui. Voilà. C'est parfait.

Belphégor attrape alors la scie circulaire et le bruit de cet outil suffit à lui seul à faire perdre connaissance à Camille.

Lorsqu'elle finit par se réveiller, elle n'est plus qu'une plaie géante, elle le sait. La lumière est tamisée maintenant, à moins que cela soit sa vision qui lui fasse défaut. Elle a dû perdre beaucoup de sang. Elle sent des pressions un peu partout et espère qu'il ne s'agit que de garrots. Que ce monstre ne la maintient pas en vie par un quelconque sadisme ultime, la laissant se vider de son sang goutte à goutte. « Pitié, achevez moi » ses mots ne se forment plus que dans ses pensées. Une vague d'eau glacée lui atterrit sur le visage, et une autre et une autre et par-dessus, entre deux bouffées d'air (vague réflexe de survie s'il en est encore en elle) elle entend la voix de sa geôlière.

- Mais pourquoi résistes-tu ainsi ? Pourquoi ? Il n'y a plus d'espoir.

C'est alors que Camille perçoit dans le lointain le hurlement de sirènes. Serait-ce des secours qui approchent, ou seulement son imagination ? La réaction de Belphégor ne laisse aucun doute.

- Non, non, ne les écoute pas. Je t'en prie ! Moi, écoute- moi, moi ! Camille, tu sais que tu es en train de mourir. Tu dois, je t'en prie, tu dois te laisser aller maintenant. Ne t'accroche pas à eux ou ce sera ta perte. Meurs, putain, meurs !

Et à cet instant comme pour finir de convaincre sa prisonnière, elle ôte son masque. Camille se retrouve nez à nez avec elle-même. Là, face à son propre visage, les yeux pleins de colère et de larmes qui lui hurle une dernière fois :

- Meurs, je t'en prie, meurs !

La lumière est encore une fois aveuglante, mais la gêne se disperse rapidement. Camille est allongée sur un lit, entourée de plusieurs personnes qu'elle comprend vite être des médecins, tous en blouses blanches, portant des masques. L'un d'eux dégage son visage pour lui parler.

- Bonjour, mademoiselle. Vous revenez de loin vous savez. Non, non n'essayez pas de parler, vous avez eu la mâchoire brisée dans l'accident.

Et tout lui revint en mémoire.

L'ombre derrière elle sur le parking était le jeune homme ayant tenté de la séduire toute la soirée. Elle était montée dans sa voiture sans même lui répondre, elle avait passé son temps à le repousser et son insistance devenait presque inquiétante. La voiture était sur la route, la ramenant chez elle quand un bruit sourd la tirait de ses pensées. Elle perdit le contrôle et fit plusieurs tonneaux pendant lesquels elle fut littéralement jetée en tous sens, se cognant brutalement la tête, le visage, prenant le volant contre les côtes et se brisant la mâchoire contre la vitre qui se brisa en une multitude d'éclats qui lui tailladèrent le corps. La voiture aurait pu s'immobiliser ainsi, mais au lieu de cela, elle se retrouva au bord d'un ravin qui bien sûr l'attira aussitôt dans le vide. La chute fut longue et le choc extrême contre un arbre tout en bas. Camille fut éjectée, de vives douleurs aux membres se firent sentir avant qu'elle ne touche l'eau glacée de la rivière où elle manqua de se noyer. Elle se souvient d'un homme qui la sortit de l'eau, de son air terrorisé quand il prit le temps de voir son état, et les sirènes des pompiers qui arrivaient sur les lieux.

Dans son lit d'hôpital, les liens qui lui maintenaient la tête en position s'étant relâchés, elle voulut voir . Malgré les réflexes des médecins, elle ne put que constater l'horreur.

- Mademoiselle non, vous avez été grièvement blessée. Non. Infirmière, vite un sédatif !

Elle restait silencieuse à cause de ses blessures au visage et à la gorge qui empêchaient tout son de sortir, mais intérieurement, elle hurlait à en perdre la raison. C'était à peu de chose la seule chose qu'elle pourrait faire désormais. L'accident lui ayant ôté bras et jambes. Et qu'en était-il de son visage ? Elle aurait dû se laisser aller... Ne plus résister... La voilà captive du plus réel des cauchemars. Un cauchemar dont elle ne se réveillera pas au petit matin.

SAUVAGES

La journée s'annonçait très difficile au commissariat et la longue matinée de traque infructueuse avec les services vétérinaires n'arrangeait pas l'humeur de l'enquêteur chargé de l'affaire qui secouait la région depuis plusieurs semaines. A peine garé sur le parking du commissariat, il comprit qu'il y a avait eu de nouvelles victimes au nombre anormalement élevé de 4x4 stationnés devant la porte. Il se décida dans un grand soupir à sortir de son véhicule et s'avança calmement vers la porte d'entrée. Le brouhaha était impressionnant, c'était à qui rendrait l'autre sourd en premier. Les agents de police tentant vainement de ramener le calme, les hommes venus faire éclater leur colère ordonnant aux forces de l'ordre de faire enfin leur travail. L'enquêteur Bailey, posté près du battant de la porte donnant accès aux bureaux, interrogea l'assistance.

– Combien depuis hier ?

Personne ne lui répondit. Il se mit alors à hurler de sa voix rauque et puissante.

– Je veux du silence ici, nom de Dieu ! Vous vous croyez où ! C'est un commissariat et ceux qui ne se calment pas sur-le-champ, je les boucle, c'est compris !

Le silence ne se fit pas attendre. Il put alors reprendre la parole.

– J'ai demandé combien de nouveaux cadavres ont été retrouvés.

C'est son adjoint qui lui répondit.

– Sept de plus chef. Des bêtes de messieurs Jamesson et Bertignac ici présents.

— Très bien, vous entrerez à tour de rôle, je vais prendre vos dépositions et vous tenir informés sur les suites des recherches et ce que nous savons à cet instant. Nous vous aiderons aussi pour les déclarations auprès des assureurs, vous allez avoir besoin de certaines informations. Lionel, je m'installe et vous me faites entrer monsieur Bertignac dans mon bureau dans cinq minutes.

— Très bien Inspecteur.

— Et vous autres, je vous demande de dégager ce hall et nous laisser travailler. Merci.

Dès son réveil ce matin, il sut que ce serait une très longue journée, longue et difficile. Il le sut en répondant au téléphone, quand son adjoint lui annonça que la meute de chiens errants causant toutes sortes de problèmes depuis quelques semaines dans la région avait encore frappé avant la tombée de la nuit. Il le sut en voyant les heures défiler toute la matinée sans qu'aucun indice ne permette de trouver leur trace dans les forêts environnantes. Il le sut encore en arrivant sur ce fichu parking, il allait encore devoir affronter un éleveur en rage et tenter de le dissuader de partir armé et dangereux se faire justice tout seul. Il le sut bien avant d'aller voir les parents du gosse déclaré disparu depuis la fin des cours ce midi. Son école étant tout près des bois, le sentiment de malaise qui le tenait depuis ce signalement ne lui annonçait rien de bon. Et la nuit qui ne tarderait pas à tomber d'ici quelques heures n'arrangeait rien.

*

La vue troublée par la sueur lui brûlant les yeux autant que par l'obscurité presque totale dans cette partie de la forêt, Lucas a de plus en plus de mal à progresser, mais ralentir maintenant serait se résoudre à rendre en cet instant son dernier souffle. Derrière lui, de plus en plus proche, le grognement et le souffle de l'animal approchant le poussent à aller puiser dans ses dernières forces pour espérer échapper à... à il ne sait trop quoi, mais c'est quelque chose de dangereux, de sauvage. Il n'a pas eu le courage de regarder derrière lui après avoir entendu l'animal grogner puis bondir hors des buissons, droit sur lui. Et maintenant, ça le suit, ça le suit de

34

très près. Du haut de ses neuf ans, c'est avec toute l'énergie et l'espoir vain d'un enfant qui n'a pas conscience de ce qui est en train de se jouer, qu'il s'enfonce encore plus profondément dans les bois. Les branches lui écorchent le visage en traversant la végétation. Les poumons en feu, les jambes le portant à peine, il ne réalise pas en cet instant son erreur, il s'éloigne de son chemin et court droit vers son funeste destin.

L'odeur du gibier attise les sens du prédateur. La proie est petite, il faut bien l'avouer, peu prestigieuse, mais la faim nécessite de ne point faire son difficile. Ce soir, il ramènera cette frêle créature à manger à la meute, c'est son rôle. Les proies se font de plus en plus rares dans ces bois. Cela ne lui demande pourtant pas vraiment d'efforts, mais le jeu instauré commence à lui plaire. Il lui suffirait de deux bonds bien maîtrisés pour attraper le petit être humain si lent, mais l'odeur de la peur est délectable et donne à la chair tellement plus de goût. C'est avec la bave aux lèvres que la créature décide finalement de se rapprocher de sa victime. A regrets, car le dîner vient de s'écrouler sur le sol à quelques mètres devant lui. Capture peu glorieuse, il aurait dû bondir plus tôt finalement...

Épuisé, résigné, Lucas comprend qu'il ne pourra aller plus loin. Réflexe naturel, il se recroqueville en position de fœtus. Et là, dans les feuilles mortes et couvert de boue, il se met à sangloter.

– Maman, papa... Je veux rentrer à la maison...

Le bruit d'une masse se faufilant entre les buissons le fige dans une terreur sans nom. Il fait maintenant trop noir pour distinguer correctement ce qui l'entoure, mais les deux petites lumières qui viennent de s'allumer à quelques mètres de lui le paralysent. Il peut à présent entendre un grondement sourd très proche. Un grondement accompagné aussitôt par le mouvement rapide d'une ombre s'abattant sur lui.

*

Debout dans l'encadrement de la porte, Jérémy observe son épouse. Cela fait maintenant de longues heures qu'elle est assise ainsi près de la baie vitrée. Immobile, le téléphone dans les mains. Son regard fixant vainement l'obscurité. Cela fait maintenant de longues heures qu'ils sont sans nouvelles de Lucas. Brave petit bonhomme qui a décidé depuis peu de rentrer seul de l'école. Il est vrai qu'ils ne vivent pas bien loin, rien n'est bien loin dans ce village. Alors pourquoi pas ? Pourquoi pas ? Parce qu'il peut arriver n'importe quoi ! Parce que c'est encore un enfant ! Parce qu'il y a ces chiens errants qui rôdent et massacrent les troupeaux et qui se sont rapprochés dangereusement du bourg ! Parce qu'on a déjà signalé deux disparitions inquiétantes dans le village voisin ! Alors pourquoi pas ? Parce qu'ils ignoraient tout cela il y a encore quelques heures... Voilà pourquoi. Il paraît que les autorités ne voulaient pas créer de panique dans la population, et ils étaient sûrs de pouvoir régler rapidement le problème. Il n'en est rien. Le son du téléphone résonnant un bref instant le tire de ses pensées. Au ton de la voix de Caroline, il comprend qu'il s'agit d'une voisine de plus pensant bien faire en prenant toutes les heures des nouvelles alors qu'eux ne prient que pour un seul appel réconfortant, celui de la police annonçant que la battue aurait finalement lieu ce soir, que quelqu'un aurait vu quelque chose, ou même et ce serait miraculeux, que l'on ait retrouvé Lucas sain et sauf. Quelques simples mots échangés et il voit son épouse retrouver son poste d'observation à la fenêtre. Au moins, elle ne hurle plus comme au commissariat lorsque l'adjoint fraîchement nommé a cru bon de l'avertir des détails sordides concernant ces chiens, les calmants du médecin ont fait leur effet, même si elle ne retrouvera le sommeil que lorsqu'on lui ramènera son enfant. Et c'est de nouveau la valse incessante de questions qui lui reviennent en tête. Pourquoi ? Pourquoi se croire invincible comme cela ? Pourquoi ne jamais vouloir penser que cela pourrait vous arriver ? Pourquoi avoir fait cette randonnée le mois dernier et pourquoi être cloîtré dans un fauteuil au seul moment de sa vie où il devrait être capable de courir à la recherche de son enfant ? Pourquoi n'ont-ils aucune nouvelle ? Pourquoi ? Pourquoi ? Et les recherches qui ne commenceront que demain, avec le lever du jour. Une nuit entière. Un enfant livré à lui-même hors de chez lui. Et tout ce qui peut arriver.

Les heures ont finalement défilé. Toujours rien. Aucune trace. Sur la place de la mairie, une foule inhabituelle s'est rassemblée. Les forces de police, les pompiers, et tous les adultes valides, prêts à aider leur voisin. Autour d'eux, femmes et enfants, quelques journalistes aussi venus pour diffuser informations et photos de Lucas. Jérémy, agissant comme un automate pour ne pas hurler aux gens de se dépêcher au lieu de le plaindre et tenter ridiculement de le réconforter; il se dit aussi que le journaliste qui vient de lui poser quelques questions ne semble pas réellement convaincu que son fils sera retrouvé en vie. Une rubrique de faits divers ajoutée à sa plume, ni plus ni moins. Monsieur le maire prend enfin la parole, suivi par le gendarme chargé de l'enquête et responsable des recherches.

- Que toutes les personnes armées soient très prudentes surtout, commence à expliquer monsieur le maire. Je sais que vous avez l'habitude de ces bois, de la chasse, mais aujourd'hui, nous devons redoubler de vigilance, ramener le petit Lucas à sa famille... et ...

- Et dégommer toute saloperie qui montrerait ses crocs. S'enquit aussitôt un homme dans la foule.

- Ouais !! On va trouver ces clébards et je vous jure que...

- Du calme, nous ne partons pas en safari messieurs, les coupa brusquement monsieur le maire, il s'agit de retrouver un enfant égaré.

- La ferme Michel, tu sais très bien que nous aurons un sale boulot à faire aujourd'hui !

- Vous n'allez pas les massacrer comme ça, ce sont des êtres vivants ! s'offusque une mère de famille un peu à l'écart.

— Toi la ferme ! On n'a pas besoin d'une Bardot aujourd'hui ! Puis t'as qu'à y aller et te faire bouffer comme nos bêtes, et comme...

Un silence gêné s'installe et permet aux gendarmes de donner enfin quelques instructions précises à l'assemblée attentive. Il aura fallu une heure quarante-cinq minutes à toute cette foule pour parvenir à s'organiser en groupes, par zones de territoire à couvrir, et une foule d'autres détails. Quand, enfin, ils se mettent en marche,

Jérémy lui se retrouve sur le trottoir, épuisé et se sentant totalement inutile. Il donnerait tout ce qu'il possède pour avoir ne serait-ce que la force de passer de longues heures dans une de ces voitures. Participer. Ne pas rester ainsi dans l'attente avec ce morbide pressentiment.

- La douleur ne s'atténuera pas, monsieur.
Arraché à ses pensées par la voix d'une jeune femme, il se surprend de voir un visage si usé sur la figure de la personne qui vient de lui parler.

- Mon fils, mon fils était parti relever les pièges qu'il avait posés avec son père sur notre terrain. Je les ai entendus moi. Je l'ai appelé, je lui ai dit de rentrer dans la maison.

- De quoi parlez-vous madame ? Qui êtes-vous? S'entendit-il demander sans pourtant vouloir entendre la réponse.

- Je vis à Saint Cloud, à trente-cinq kilomètres d'ici... Mon fils a été la première victime humaine de ces bêtes sauvages il y a trois jours. Et ces incapables là, dit-elle pleine de haine, ils ne trouvent rien, ils n'ont su que me ramener une main... Une main, c'est tout ce que je pourrais enterrer... et ces monstres sont toujours là, là, dans nos bois...

- Je n'ai aucune envie d'entendre cela.

Il dirige alors tant bien que mal son fauteuil pour fuir, fuir cette femme, fuir cette angoisse croissante, fuir cette certitude qu'il ne reverra jamais son fils. Et se fait violence, en rage de ne parvenir à garder espoir. Mais elles ne le lâchent pas, ni la peur, ni la rage, ni cette femme qui le suit en hurlant sa douleur dans la rue.

*

Dans les bois, les recherches ont à présent commencé. Des groupes de villageois, armés jusqu'aux dents avancent de la façon indiquée par les policiers. Chaque parcelle de terrain sera passée au crible. La tension est vraiment palpable, entre la peur d'être celui qui va trouver un corps ou encore la crainte d'une attaque de la meute.

- Pourquoi Christophe n'est pas avec nous ? Quelqu'un sait où il est ? Hasarde un des hommes ne supportant plus le silence trop pesant.

- Ne pose pas de questions stupides. Il a son petit au plus mal. Il reste avec sa femme pour le veiller. Lui répond un ami marchant près de lui.

- Putain c'est vrai, qu'est-ce qu'il a déjà le môme?

- Je crois que c'est un cancer...

- Tu crois ?

- Ben... ouais, je crois... Personne n'est entré chez eux depuis des lustres... Et paraît qu'il n'est pas beau à voir... j'connais son infirmière, mais elle dit que ça ressemble pas à un cancer, que son corps est...

- La ferme, je sais de quoi tu vas encore   parler... Arrête avec tes ragots de bonnes femmes.

Ne sachant pas comment détendre un peu l'atmosphère, la suite des recherches se passe dans le plus grand silence. Jusqu'au cri d'un homme résonnant soudain plus haut sur la colline.

- Par ici, j'ai trouvé quelque chose.

Le vieux Ben, le doyen du village avec ses quatre-vingt-neuf ans mais une forme à faire pâlir de jalousie un jeune de vingt-cinq ans, a trouvé le blouson du petit Lucas. Ce serait une bonne nouvelle si celui-ci n'était pas en lambeaux et couverts de sang. Les empreintes sur le sol confirment qu'au moins un animal a suivi les traces du petit garçon. A cet instant de la battue, ce sont les gendarmes qui continuent de suivre cette piste. Laissant les hommes du village en plein désarroi, mais ne pouvant se résoudre à rentrer chez eux de cette façon.

- On va trouver ces saloperies ! déclare un des chasseurs, fusil au point, rouge de colère.

- Oui. Armez vos fusils, la chasse est ouverte !

Bien décidés à rendre justice au gosse, un groupe de six hommes plongent au plus profond de la forêt dans le but de remonter les traces, dans la même direction, mais somme toute assez loin des gendarmes. Et ils ne tardent pas à trouver de nouvelles empreintes animales en parallèle de celles qui ont suivi l'enfant. Ils suivent alors aveuglément cette piste, les sens en éveil et la colère leur faisant oublier le temps qui passe.

*

C'est en tout début d'après-midi que l'on a sonné à la porte de chez Jérémy. Deux officiers de police venus annoncer que le petit corps a été retrouvé. Jérémy sera transporté à l'hôpital peu après afin de le mettre en observation après la crise de nerfs qui suivi les quelques mots de l'annonce brutale, attendue et pourtant inconcevable, inacceptable de la mort de son fils.

*

La nuit est à présent tombée, sur le bourg, comme dans les bois. Les hommes, ne sachant pas que le corps de l'enfant a été retrouvé, et bien décidés à ne pas rentrer bredouille, ont allumé un feu de camp le temps de se restaurer un peu.

- Avec les torches, nous allons pouvoir continuer, vous avez vu, les traces sont de plus en plus nombreuses, nous approchons, j'en suis sûr !

- T'inquiète pas, d'ici demain matin tout sera réglé.

- Dite, est-ce que je suis le seul à l'avoir remarqué ou je deviens fou ? Ces traces, elles ne ressemblent à rien de connu... En tout cas rien que je connaisse, et c'est sûrement pas des chiens...

- Arrête ta paranoïa, t'es aveugle ? Bien sur que ce sont des empreintes de chiens...

- Quelle taille ils font les chiens chez toi ?! T'as bien regardé ?! Les bêtes qu'on traque sont au moins aussi grosses que...

- Que quoi? Au pire, ce sont des loups... Et ça change quoi ?

- Ce que je sais, c'est qu'ici, depuis des lustres...

- Ne commence pas avec ces histoires... Tu vis ici depuis aussi longtemps que nous, assez en tout cas pour savoir qu'il n'y a rien dans ces bois, rien d'autre que la putain de nature et des putains d'animaux... et des putains de chiens ou loups qui viendront bientôt grandir notre tableau de chasse. C'est pas le soir pour raconter des légendes aussi glauques... Tu ne crois pas qu'on a eu assez d'horreur pour ces derniers jours.

- OK... Mais je veux juste que tout le monde soit bien conscient qu'on ne traque pas vos débiles de chiens errants... Là, ça va être du sérieux.

- Bon, ça suffit, remballez vos gamelles on repart, ça vaudra mieux que d'écouter ça...

Une odeur familière arrive aux narines de toute la meute. D'un regard, la messe est dite et chacun des membres se met en marche. Le flair attentif, aux abois, filant droit en direction des hommes armés. De chaque côté, l'on avance avec ce même sentiment d'excitation et de rage qui précède un violent affrontement, les uns avançant pour la justice, les autres pour leur survie. La forêt devient plus dense et la vision du terrain beaucoup plus difficile pour les chasseurs. Les chasseurs qui seront bientôt face à face avec une meute de prédateurs bien plus dangereux qu'eux et leurs fusils. Aux bruits bien distincts de grognements et de pas, les villageois se savent soudainement encerclés, sans rien avoir vu venir. Ils avancent en rangs serrés, fusils au poing. Le silence régnant sur les bois à cet instant ne fait qu'accentuer le climat de peur pesant sur les hommes désormais en proie au doute. Ont-ils eu raison de vouloir affronter ces monstres ? Sachant pertinemment qu'il ne s'agissait pas de simples chiens errants, quoi qu'ils en disent. Chacun sait que les légendes de populations isolées prennent toujours leur source quelque part dans la réalité. Mais la douleur de la perte d'un enfant, la perte financière et affective de leurs bêtes, la tension de la battue ont eu raison de leur rationalité. Ils ont foncé tête baissée et au moment de l'attaque sauvage, aucun coup de feu ne sera tiré. Pas le temps. Cinq créatures se sont abattues sur les chasseurs devenus proies en un instant, sans défense. Les déchiquetant et dévorant leur chair en quelques coups de mâchoires et de crocs acérés. Pendant ce macabre repas, un homme parvient malgré tout à s'extirper du charnier pendant que les fauves plongent têtes entières dans les entrailles de ses amis... Rampant, tremblant, choqué, le voilà déjà en train de courir aussi vite que ces forces le lui permettent malgré ses

blessures à travers les bois sans se retourner. La densité de la végétation commence à diminuer au bout de quelques minutes à peine,
il est en direction du bourg, sans aucun signe d'une quelconque
créature à ses trousses. Va - t' il finalement survivre ? Il commence
à le croire.

Des pleurs l'arrachent soudainement à son euphorie. Oui, ce
sont bien des pleurs, des pleurs d'enfant plus précisément. L'image
de Lucas s'impose alors dans ses pensées. Et si le gosse n'était finalement pas mort ? Ils ne sont pas restés assez longtemps pour le
savoir tout à l'heure ? Il est là, stupéfait qu'un enfant ait pu survivre
deux nuits entières à ces monstres affamés. La voix se fait un peu
plus forte.

- S'il vous plaît, aidez- moi ! Je vous ai entendu ! S'il vous
plaît, j'ai la jambe coincée... Elle est cassée... Je veux rentrer chez
moi...

- Lucas ? se hasarde-t-il. Lucas c'est toi ?

- S'il vous plaît, aidez- moi.

Guidé par le son des pleurs et des gémissements, il se dirige
pour tenter de récupérer le garçon. Arrivé au bord d'une faille, il
découvre non pas un enfant, mais un homme imposant qu'il reconnaît en un instant. Il s'agit d'une des victimes de la meute, son ami
de longue date, son ami qu'il a vu mort et dont on lui a demandé de
taire l'existence pendant 24 heures, le temps de... de rien, il n'y a pas
eu d'abattage, mais bel et bien d'autres morts, beaucoup d'autres
morts. Son ami se tient là, devant lui...

- Pierre, mais comment est-ce possible ? Nous t'avons identi-
fié à la morgue, tu, ttttu !

- ...

- Mais dis quelque chose ! C'est... Attends, où est le gamin !
J'ai entendu le gamin !

- Je suis là monsieur... Voyons, c'est moi !

L'homme, figé de terreur regarde son ami parler avec la
voix d'un enfant, la voix de Lucas. Il n'y a aucun doute, ce gamin, il
le connaît bien pour être son voisin, pour l'avoir vu naître. Sans
avoir le temps ni l'envie de se poser plus de questions, il tente
de retourner sur ses pas pour fuir au plus loin de ces visions

cauchemardesques, mais là, arrivées dans le plus grand silence, les créatures sont derrière lui, lui empêchant toute retraite possible. A y regarder de près maintenant, il jurerait que sous ces poils, se cachent des êtres humains...

- Qu'est-ce que vous êtes ? Mon Dieu !

- Dieu ! Dieu ! Implore plutôt notre pitié pauvre fou ! Ici Dieu n'existe pas...

- Pitié... dit-il alors poussé à s'approcher de son ami défunt par les créatures avançant vers lui.

- Pitié ?! Pitié ?! Je suis désolé, monsieur, je suis trop jeune pour avoir appris ce mot...

Le rire dément emplit l'espace tandis que cet homme revenu de chez les morts semblait prendre de l'ampleur, de la hauteur. Ces yeux changèrent soudainement de forme et de couleur, sa peau se couvrit de pourriture et de fourrure... Il devint alors une chose mi humaine mi-animale... Quelque chose dont on n'avait encore jamais entendu parler... les légendes de bois hantés, de loup-garous, de sans-abris cannibales devinrent soudain des contes de fées. Les yeux noirs comme l'enfer, des dents acérées et longues d'au moins quarante centimètres... les membres restés humains devenus plus longs et aussi bien plus forts sous cette longue fourrure sombre. La créature se tient voûtée comme ses congénères, la bave aux lèvres, semblant sourire dans un rictus carnassier, entouré d'une masse sombre dont l'homme ne saurait dire s'il s'agit de fumée ou de matière plus dense, flottante... Et la créature, d'une voix de femme, s'adresse une dernière fois à cet homme dont la vie s'achève ce soir dans ces bois:

- Pauvre créature... Ce soir, tu auras toutes tes réponses, tu seras notre don, ton corps va nous nourrir, ton âme va nous grandir...

- C'est impossible... Alice !

- Alice ! Qui est Alice ?

- Ma... Ma ffff... Ma femme, c'est sa voix...

- Ha ! Cette truie qui hurle si fort que nous avons dû commencer par lui trancher la gorge cette nuit... Oui, elle était savoureuse... Nous sommes allés lui tenir compagnie, le gosse ne pouvait pas nous rassasier, il était... enfin bref, et comme vous étiez tous sur nos terres, nous n'avions plus qu'à choisir une de vos maisons. Elle était savoureuse, oui. Mais elle t'a appelé... Beaucoup appelé... Et toi... Promenons-nous dans les bois... Pendant que le loup n'y est pas... Tu as fini par trouver quelque chose hein ? Ça te plaît ? Des chiens... Des loups... Ah ça non, pas de loups dans ces bois... Seulement nous...

- Pitié...

La meute se jette sur sa proie comme un seul être au signe de celui qui semble être leur chef. Le repas est vite englouti... les créatures se délectent du chasseur, abreuvant leur nourriture de leur bave abondante avant de l'abandonner.

*

Dans les journaux ce matin, Jérémy lit dans son lit d'hôpital un article de plus sur le décès puis le vol du corps de son fils à la morgue, c'est ce qui remplit les unes depuis le drame. Il y a d'autres articles sur le petit village devenu tristement célèbre après cette chasse qui s'est terminée par la disparition inexpliquée de six chasseurs. Des traces de sang ont été trouvées dans les bois, mais aucun corps, aucun indice. Les chiens errants incriminés n'ont plus donné signe de vie depuis. Aucun nouveau meurtre. Des scientifiques et des enquêteurs, venus sur place après les faits, avancent l'hypothèse d'une pollution industrielle suite à la découverte sur les lieux des crimes d'une substance organique non identifiée. Il est supposé qu'elle a causé le décès de certaines personnes portées disparues et des chiens eux-mêmes puisqu'il n'y a pas eu de nouvelles attaques de signalées. Les policiers sont persuadés de retrouver prochainement les corps manquants. Plus loin dans le journal, le maire déplore dans une interview le départ de plusieurs familles du village choquées par les événements macabres survenus autour de sa commune. Les nouvelles laissent ensuite place aux résultats sportifs. Jérémy regarde alors vers la fenêtre de sa chambre, le regard noir.

- Ils n'ont rien compris... Ces bois... Ils n'ont rien compris.

Il passe aujourd'hui ses journées dans cette chambre, interné dans un centre psychiatrique suite à une intrusion remarquée au sein du commissariat le jour où il est venu dire avoir vu et entendu son fils la veille au soir lui disant qu'il reviendrait le chercher, lui et sa femme, qu'ils allaient être sacrifiés pour le bien d'une nouvelle race... Les traces de la matière noire étrange retrouvée sur place ne suffit pas à persuader les autorités ni les médecins.

*

Jouant au milieu d'un grand nombre de cartons, Lucas d'un ton enjoué demande à une femme:

- On ira bientôt chercher maman et papa hein ?

- Si tu es sage, oui, nous irons... Pour le moment, nous resterons un peu ici...

- C'est promis ?

- C'est promis, mais tu as beaucoup de choses à apprendre avant cela... Tu as beaucoup changé depuis que nous nous sommes croisés dans les bois.

Lucas se retourne alors sur son jeu et se met à sourire.

- Oui, j'ai beaucoup changé.

Les mains chargées de doigts, d'yeux, et de dents, il commence à ranger par catégorie ces amuse-gueule dans des boîtes hermétiques. Tout en se régalant de l'une d'elles de temps à autre. De loin, appuyés au chambranle de la porte, Pierre et sa compagne le regardent:

- Il sera un excellent chef plus tard, il prendra ma relève. Tu l'as bien choisi chérie.

- N'est-il pas trop jeune ?

- Il apprend vite, il a un don pour cela. Nous lui offrirons donc ces parents comme promis.

- Tu as pourtant toujours dit de ne jamais retourner sur les lieux de...

- Il les aura. Imagine sa force une fois qu'il les aura ingérés ! Notre race va se fortifier avec lui... C'est le début d'une nouvelle ère...

BÉNISSEZ-MOI MON PÈRE CAR J'AI PÉCHÉ

La vieille femme monte tête baissée les marches menant à l'église. Vêtue à l'ancienne, un vieux gilet en laine trop grand et un fichu sur la tête lui couvrant les maigres cheveux blancs qu'elle possède encore. Son pas est lent, mais sûr malgré ses 80 ans. Une fois en haut des marches, un dernier regard dans la rue et elle s'engouffre en cette matinée d'été derrière la grande porte massive en bois qui ouvre généralement le passage aux fidèles venus assister à la messe. Ce matin, elle sait que monsieur le curé est là, il l'attend. Elle n'aime pas la foule, depuis des années elle vit en recluse, mais dernièrement un besoin irrépressible s'est fait ressentir, la guidant de nouveau vers cet édifice religieux qu'elle avait abandonné depuis si longtemps. Naturellement, le prêtre avait accepté de la recevoir. Elle demandait la confession. Peut-être l'approche de la mort, peut-être le poids d'un secret devenu trop lourd à porter, peut-être l'envie de trouver une personne qui partagerait son histoire, ou l'aiderait à trouver une solution pour quand elle aurait quitté ce monde. Elle sent le poids écrasant du temps qui passe et veut s'assurer de ce qu'il adviendra ensuite. L'église est déserte. Quelle drôle de sensation que de se retrouver ici. Un avant-goût du face à face avec le créateur ? Elle se fige devant l'immense statue et ne ressent rien. Sa foi n'est pourtant pas éteinte, mais même si la conscience de l'homme jugera ses actes comme mauvais, honteux, voire criminels peut-être, elle pense n'avoir agi que par amour. Elle ne voyait pas comment elle aurait pu faire autrement. Et puis qui sait, obtiendrait-elle l'absolution finalement ? Après tout, il est aussi une créature du divin... D'un mouvement lent et mesuré, elle se dirige

47

vers le confessionnal. Le prêtre est déjà là, il l'avait vue arriver et s'était mis en attente de sa paroissienne qui s'agenouille à peine entrée.

- Bénissez-moi mon Père, car j'ai péché !

- Au Nom du Père et du Fils et du Saint-Esprit. Que le Seigneur soit dans votre cœur et sur vos lèvres pour que vous fassiez une bonne confession.

- Je confesse à Dieu tout-puissant, je reconnais devant mes frères, que j'ai péché en pensée, en parole, par action et par omission, oui j'ai vraiment péché, c'est pourquoi, je supplie la Vierge Marie, les anges et tous les saints et vous aussi mon père de prier pour moi le Seigneur notre Dieu. Je ne me suis pas confessé depuis la mort de mon fils, il y a plus de quinze ans de cela. J'en ai voulu à la terre entière, j'en ai voulu à Dieu et j'ai vécu dans ma douleur. Du moins pendant un temps. Ensuite, le Seigneur dans sa grande miséricorde m'a rendu mon petit, je ne sais par quel miracle. Cependant la créature qui m'a été rendue, n'était plus... comment dire, ce n'était plus tout à fait lui...

- Ma Sœur, de quoi parlez-vous, je ne saisis pas. Votre fils, innocent enfant, est auprès de notre seigneur, oui, de cela je puis vous assurer ?

- Non, mon Père, je vous dis que mon fils s'est relevé tel Jésus de Nazareth et m'a été rendu. Je ne l'ai jamais dit, car je sais que cela est impossible, que les autres ne sont pas prêts à accepter pareil miracle. J'ai voulu le protéger, vous comprenez ?

- Ma Sœur, ce que vous dites me paraît... enfin... j'ai procédé moi-même à la cérémonie d'inhumation de votre enfant, je me souviens de votre douleur et des mots qui ont suivi. Je pense que ce chagrin vous a égarée et

- Non, mon Père, mais que vous me croyiez ou non, que je dise la vérité ou non, ceci n'est pas le problème. Ce que je viens surtout confesser, c'est ce qui a suivi. Tout ce sang versé.

- Du sang...

- Je vous l'ai dit, à son retour, il n'était plus tout à fait le même... Et il a fallu le nourrir... Je ne savais pas quoi lui donner au départ, il ne parlait plus comme avant et refusait toute nourriture et un jour, le chat de monsieur Frank est entré dans notre cave et là j'ai compris. J'ai compris le prix à payer pour avoir le privilège de garder mon fils à mes côtés. Mais avec l'âge... Comprenez, je ne peux plus m'occuper de lui correctement... Mon père, je voudrais que vous veniez... avec moi... venez le voir... Aidez- moi mon père.

- Ma Sœur, le Seigneur vous guide par la foi que vous avez en lui, il est avec vous en tout instant mais

- Mon Père, allez-vous venir avec moi ? Je vous en prie.

- Où cela ?

- Chez moi... Le voir, voir mon fils...

Perturbé par la nature de cette confession et par cette femme qu'il connaissait depuis bien longtemps, mais qu'il savait très déstabilisée par cette épreuve, le prêtre finit par accepter de la suivre jusque chez elle. Durant tout le trajet, la vieille femme n'avait de cesse de répéter les mêmes phrases.

- Mon père, ce n'est pas de sa faute, il n'a pas choisi ce qu'il est devenu

- Qu'est-il devenu selon vous, demanda le prêtre qui avait pris le parti de rentrer dans le délire de sa paroissienne, du moins, jusqu'à ce qu'il soit chez elle et puisse appeler un médecin.

- Un être qui a connu l'autre monde ne peut revenir inchangé, mais le problème est son besoin irrépressible de sang. Mon Père. Il veut toujours plus de sang.

Le reste du chemin se finit dans le silence. Arrivés au domicile de la vieille femme, le père Calahan la suivit directement à la cave. Une puanteur anormale s'en échappait et le spectacle qui s'offrit à lui le figea de terreur. Il se signa par réflexe devant le corps quasiment momifié d'un jeune garçon mort depuis longtemps, mais enchaîné au mur. La vieille femme postée derrière lui tentait de le protéger :

- Mon père, ne vous approchez pas, voyez son regard, sa bave, il a faim. Si vous approchez, il vous dévorera... Qu'est-ce que je dois faire ? Qui va s'occuper de mon petit quand je ne serai plus.

- Mathilde, qu'as-tu fait ? Quelle est cette horreur ? Seigneur, aidez- moi, guidez-moi.

- Tiens, je ne suis plus votre « Sœur » ? Est-ce que mon petit te dégoutte à ce point vieux fou ?

- Ce n'est pas ton enfant voyons, et il n'est pas vivant. Ouvre les yeux ! C'est un cadavre ! Que faisons-nous ici ?

- Je croyais avoir trouvé de l'aide mais ce sera finalement juste un repas de plus pour mon petit, je te pensais différent des autres, que toi, tu m'aurais aidée...

La tranche de la pelle s'abattit violemment dans la nuque du prêtre qui s'effondra aussitôt lourdement sur le sol.

LES MORTS DE BLANCHET

Le visage de la vieille femme est parfaitement détendu et comme un artiste muni de son pinceau, un homme s'applique à raviver une beauté passée, par delà les marques du temps. Il opère dans un silence religieux, avec un grand calme, mais ses gestes sont sûrs. Les rides parsemées sur cette peau pâle s'estompent un peu sous les couches de fond de teint, la bouche est mise en valeur avec un rouge à lèvres discret. La femme se laisse faire, abandonnée, sans bouger, sans même ouvrir les yeux, ni prononcer un seul mot. De longues minutes s'écoulent ainsi, dans la pénombre de la salle d'embaumement et de préparation des corps. Une fois son œuvre achevée, monsieur Blanchet, l'employé de pompes funèbres et dirigeant de l'entreprise, regarde d'un air satisfait sa cliente ; il doit la présenter à sa famille d'ici peu pour la veillée. Un dernier coup d'œil afin d'être sûr de la précision de son travail. Quand le bip aigu émit par sa montre le sort brutalement de ses pensées, c'est avec une voix douce et posée qu'il s'adresse au corps de la défunte.

- Je dois vous laisser un moment, j'ai un rendez-vous, mais ne bougez pas, je suis à vous dans peu de temps, nous finirons alors de vous habiller. Vous n'allez quand même faire vos adieux à vos proches dans la tenue d'Ève... Nous ne le permettrons pas, vous serez la reine de la soirée. Votre robe est d'ores et déjà prête. Je reviens...

Il rajuste son costume, mettant un point d'honneur à être toujours impeccable. Il range le blush et les autres accessoires de maquillage dans un tiroir ouvert à portée de sa main et sort de l'immense pièce. En traversant le salon des veillées, il avance sereinement, tout inspectant avec le plus grand sérieux le parfait alignement des chaises, la position des bouquets de fleurs, des photos, veille à ce qu'il n'y ait aucune marque sur les verres, bref, tout doit être impeccable... Le souci du détail est très important dans son métier, et dans sa vie.

La boutique où son rendez-vous de 10 h l'attend se trouve à l'avant de son entreprise, vitrine ouverte sur la rue. L'endroit est très éclairé, propre, plein de plaques funéraires et d'ornements parfaitement et sobrement exposés. Elles sont déjà là. Il accueille du mieux qu'il le peut une dame très âgée et en larmes, accompagnée de sa petite-fille. C'est d'ailleurs cette dernière qui parle pour la vieille dame qui elle, est quasiment incapable de s'exprimer correctement, le souffle coupé par les sanglots. Cet entretien s'avère particulièrement long, monsieur Blanchet sait par expérience que les personnes âgées obligées de dire adieu à leur compagnon de vie sont toujours les plus bouleversées. Contrairement à ceux que pourraient penser la plupart des gens, ce ne sont pas les parents ayant perdu un enfant par exemple les plus affligés, mais bel et bien les personnes âgées, car ils voient la mort se profiler longtemps avant qu'elle ne fasse son œuvre. Ils survivent, mais gardent espoir de continuer leur route à deux, indéfiniment. La perte d'un enfant est souvent très brutale et les gens restent longtemps en état de choc, mais curieusement, préparer les funérailles est une façon pour eux de s'occuper encore un temps de leur enfant, d'être encore des parents. Les ancêtres par contre, sont totalement perdus, les repères n'existent plus, il n'y a plus cette présence rassurante qui les suivait depuis tant d'années, mais surtout, ils n'ont plus vraiment de raison de continuer à subir toutes les souffrances de l'âge, pas seuls, pas sans cet autre qui les partageait aussi. Il n'est d'ailleurs pas rare de voir le conjoint survivant rendre également son dernier souffle peu de temps après la perte de l'amour de sa vie. Monsieur Blanchet essaie de calmer la veuve, il lui parle durant un long moment du deuil, avec délicatesse, aidé de sa longue expérience d'accompagnement des familles dans ces moments aussi douloureux qu'inévitables. Il parvient à lui faire raconter de doux souvenirs partagés avec son défunt mari et avec toujours autant de tact et de sensibilité, il finit par la conduire derrière, dans une pièce d'exposition afin d'y voir le cercueil. Il se doit de leur expliquer tous les choix du défunt, ce dernier avait tout programmé dans les moindres détails, ne laissant pas le douloureux poids de la moindre décision à son épouse. Monsieur Blanchet explique qu'il a déjà le costume pour l'enterrement, que le cercueil a été choisi, et avec une infinie patience, il leur montre chaque chose et chaque étape en même temps, pour accompagner ses mots. Ensuite vient le récit du déroulement de la veillée, la musique qui sera diffusée, et les formalités de la crémation sans messe. Toujours selon les vœux du défunt précise-t-il autant de fois que possible pour rassurer la famille, leur dire d'une certaine façon que leur proche et regretté parent est en de bonnes mains. La vieille dame le regarde, acquiesce souvent, mais ne parvient qu'à pleurer. Sa petite-fille, quant à elle, pose bien une ou deux questions, mais tente aussi ouvertement de séduire l'entrepreneur... il faut dire qu'il est très séduisant du haut de son mètre quatre vingt, mince, un regard bleu perçant sous des mèches blondes parfaitement coiffées. Elle se cache à peine de ses pensées... En vain. Il reste professionnel en toute circonstance, retire ses mains entreprenantes bien que se voulant discrètes, se place sans équivoque de l'autre côté du cercueil et console avec des mots justes la veuve ayant réellement besoin de réconfort et d'écoute à ce moment précis, lui conseillant à présent de rentrer chez elle et de se reposer pour qu'il puisse aller prendre soin du corps de son mari et le préparer pour le lendemain.

Pendant ce temps, dans l'immense salle d'embaumement, un employé visiblement un peu simplet est en train de poser des corps sur les tables, parmi lesquels se trouve le vieux monsieur dont son patron vient de s'entretenir avec la veuve. Le jeune homme appliqué à sa tâche regarde sa liste afin de s'assurer d'avoir bien amené les bonnes personnes depuis les tiroirs de la morgue centrale et rigole bêtement.

- Ohlalalala Ça, c'est du travail pour le patron... hihihihi... hahahahaha...

Il trépigne alors comme un enfant impatient devant le sapin de noël de déballer ses paquets-cadeaux, tout en terminant de déposer le corps du vieux monsieur... Il ne peut s'empêcher d'entrouvrir chaque sac mortuaire par une curiosité morbide et un large sourire s'affiche sur lui lorsqu'en ouvrant un des sacs, une main vient lui frôler le bas-ventre. Il se retourne vivement vers la porte, et de peur d'être surpris à jouer avec les clients, il referme les sacs avant de sortir précipitamment.

Pendant que son employé s'acquitte de ses tâches et ayant quitté la salle d'exposition, c'est de nouveau dans la boutique que monsieur Blanchet raccompagne ses clientes, mais la veuve, encore sous le choc et l'émotion a du mal à tenir debout. C'est sa petite-fille qui la soutient.

- Allez, mamie, viens, tu vas t'asseoir un moment...

L'entrepreneur a déjà tiré une chaise près du bureau auquel il reçoit les gens lors du premier entretien et aide la vieille dame à s'asseoir.

- Je comprends votre chagrin, madame. 55 ans de vie commune, d'amour, c'est magnifique vous savez. Et aujourd'hui, il aura ce qui se fait de mieux. Ne vous inquiétez pas, nous nous occupons de tout. 'Je' m'occupe de tout.

La vieille dame ne cesse toujours pas de pleurer. Sa petite-fille commence à se sentir gênée.

- Nous vous remercions monsieur Blanchet. Ma grand-mère est très affectée, mais reste consciente de votre gentillesse, soyez-en assuré. Nous allons prendre soin d'elle à présent. Pépé me l'a demandé.

- Ne vous en faites pas, et aidez votre grand-mère, je m'occupe personnellement de tout le reste.

- Heu, y a-t-il quelque chose à vous régler ?

- Non. Votre grand-père avait tout préparé. Ne pensez pas à cela.

- Très bien. Merci encore. Allez viens grand-mère.

Monsieur Blanchet raccompagne enfin les deux femmes à la sortie du magasin.

Dans la salle de préparation des corps se trouve le corps du vieux monsieur branché à une machine d'embaumement. Cinq autres tables remplissent l'espace de la pièce. Deux sont vides et rutilantes. Sur l'une des trois autres, un enfant au crâne ouvert attend son tour et une femme qui s'est visiblement ouvert les veines repose juste à côté. Sur la dernière table, pas encore de corps, mais une bâche étendue. Ils sont tous dénudés en vue de leurs soins post-mortem, et recouverts d'un seul drap blanc léger, laissant apparaître les têtes, les pieds et parfois les avant-bras lorsque ceux-ci ont glissé.

La salle en dehors des tables est presque vide. Il y a une éta-gère avec quelques livres de médecine, d'autres traitants de la mort, du fonctionnement d'une morgue, les derniers sur les techniques d'embaumement au fil des siècles... un autre meuble porte tous les ustensiles nécessaires aux entrepreneurs des pompes funèbres pour préparer les corps. Et enfin, dans un angle, près de la vieille dame fraîchement maquillée, un bureau sur lequel repose négligemment un agenda, un calendrier de femmes dénudées pas encore accroché, une boite de gants chirurgicaux et une mallette de maquillage. Monsieur Blanchet entre dans la pièce, il apporte lui-même le cercueil du vieux monsieur sur un chariot roulant, entreprend la fin du travail d'embaumement et débranche le vieil homme vidé de son sang.

- Et voilà monsieur Breteuil, vous êtes fin prêt pour votre dernier voyage. Il ne reste plus qu'à vous faire bien beau... Mais... où est donc votre costume ? Vous n'allez quand même pas nous quitter dans la tenue d'Adam vous aussi ? Que dirait votre dame ? Elle est vraiment charmante vous savez, très affligée, mais atta-chante. 55 ans. Bravo. Bon, où est ce fichu costume ?

A cet instant, l'employé entre dans la pièce, poussant un chariot sur lequel reposent deux sacs mortuaires. L'homme est habillé en salopette, âgé d'une petite trentaine d'années, il est d'une laideur inqualifiable. Il sourit aux anges en voyant son employeur.

- Oh patron ! Un nouveau client ! Devinez ?! Un motard, un motard contre un arbre ! Il s' est pas loupé ! Crac ! Coupé en deux dit-donc ! Wow ! Vas-y avoir du travail sur celui-là !

Il ouvre alors les sacs, laissant voir un véritable carnage sanglant d'homme accidenté. Un amas de chair à peine reconnaissa-ble. Il se met impulsivement à jouer avec certains morceaux en rigolant stupidement. Une jambe avec laquelle il pousse la tête, une main qu'il attrape pour chatouiller ce qu'il reste du torse.

-Hé ! Crétin ! Où est le costume du vieux ? demande alors monsieur Blanchet sans être choqué le moins du monde par le comportement de son employé. Fais ton travail au lieu de t'exciter comme un gamin sur le malheur des autres. Ces gens ne sont pas tes jouets. Je dois accueillir les proches de cette chère madame Grange que j'ai terminé de préparer tout à l'heure alors grouille-toi bordel, il te faut encore l'habiller et la poser dans son cercueil.

- Oh oui... oui... tout de suite patron.

Il laisse le chariot sur place à contre-coeur et se précipite hors de la pièce.

- Roh merde ! Je n'ai plus le temps ! Désolée vieux !

D'un geste agacé, monsieur Blanchet jette ses gants à peine enfilés à la poubelle et ressort, laissant tous les corps en plan à son tour.

Dans la salle de veillée, les gens entrent calmement et prennent un à un place sur les chaises consciencieusement installées pour l'occasion. Certains pleurent, mais discrètement. Les autres échangent quelques mots sur qui elle était, qu'elle sera regrettée, qu'elle a rejoint son mari... Toutes les sortes de banalités que l'on peut sortir à un enterrement et qui doivent aider à passer le temps. Monsieur Blanchet présente ses condoléances au passage devant chaque invité de la veillée. A la dernière personne, une femme aveugle, il laisse le soin de la cérémonie.

- Madame, nous allons pouvoir commencer l'hommage à votre grand-tante. Elle vous sera conduite juste après. Veuillez excuser mon équipe quelque peu surchargée en ce moment, hélas ! En espérant que cela ne vous cause aucune peine quelconque.

- Non, je comprends, merci.

Après avoir conduit la femme au-devant de son assemblée, il part allumer la musique d'ambiance demandée et baisser les lumières. Il revient auprès de la femme pour prendre congé et se montre pressé lorsqu'il voit une lumière rouge discrètement en train de clignoter au-dessus de la porte.

- Veuillez m'excuser madame, je vous laisse un instant, des obligations m'appellent ailleurs hélas !

- Oh non, ne vous excusez pas, c'est tout naturel voyons.

- Commencez, je vous en prie. Je suis de tout cœur avec vous dans ces instants difficiles.

La femme sourit légèrement et sur ses mots, il s'éclipse. En arpentant le couloir et passant devant la porte-vitrée donnant sur la boutique, il soupire en voyant encore des clients plongés dans des brochures et les objets en vente. De son devoir, il se tient à disposition en retrait quelques instants. Mais l'heure défile sur le cadran de l'horloge face à lui alors quelque peu contraint par le travail qu'il lui reste encore à accomplir auprès de ses défunts, il s'avance vers ces messieurs.

- Bonjour, puis-je vous renseigner ?

Dans la salle d'embaumement, les corps en attente sont désespérément seuls. A la différence près qu'il manque le corps de la jeune femme suicidée. Le calme règne dans les couloirs déserts. Mais ce n'est pas le cas dans le bureau privé du patron. Une petite pièce totalement isolée dans le bâtiment. Là, le jeune employé se tient droit contre la porte qu'il vient de refermer en silence. Un sourire malsain éclaire son visage, il se lèche les lèvres en regardant tour à tour deux endroits dans la pièce. Sur une chaise sortie de sa place sous le bureau, est installée face au dossier la jeune suicidée, nue dans une position des plus suggestives, la tête reposant sur son torse et les bras ballants. Tout près, sur une table d'auscultation de médecin, une autre jeune femme est allongée, morte elle aussi sans aucun doute possible. Les traces violacées sur son cou et une poitrine qui ne se soulève plus le confirment assurément. C'est sur elle que l'employé vient de poser ses mains, caressant tout le long de son corps. S'attardant sur les parties intimes.

Dans la boutique, monsieur Blanchet raccompagne ses clients vers la sortie.

- Nous nous revoyons donc mardi à quinze heures ? demande une dernière fois un des hommes.

- Oui monsieur, c'est bien cela, bonne journée à vous et à mardi.

L'entrepreneur referme alors précipitamment la porte et s'empresse d'y accrocher le panneau « Absent pour deux heures » qu'il a l'habitude de mettre lorsqu'il veut un moment de calme. Puis il sort de la pièce tout en regardant sa montre.

Il arrive dans la salle d'embaumement en cherchant son apprenti en vain.

- Charles ? L'abruti ? Où est-il encore passé ce malade ! Qu'est- ce que je vais en faire, ce n'est pas possible !

Il s'aperçoit alors que le costume prévu pour le vieil homme a été emmené et posé près du corps. Il commence à habiller le vieil homme et à le maquiller sur un air de musique classique qu'il a choisi d'écouter et qu'il vient de lancer sur un petit poste sorti de sous son bureau. Il regarde de nouveau sa montre une fois le travail effectué.

- Bon, Charles doit l'emmener au frigo jusqu'à la veillée de demain. Charles ? Ce n'est pas vrai... où est-il encore passé ce bon à rien !!

L'entrepreneur sort de la salle d'embaumement, aperçoit de loin la porte de son bureau personnel et décide de s'y avancer sans faire de bruit. Il approche de la porte au travers de laquelle on entend la respiration rapide et le rire idiot de Charles. Entrant brutalement dans la pièce, il effraie son employé au plus haut point.

- Que fais-tu là, nom de Dieu !!

Charles sursaute et tremble devant son patron, au point de s'uriner dessus. Il court se terrer dans un coin tout penaud. L'entrepreneur l'attrape rapidement par le col de sa chemise en flanelle et le jette hors du bureau sans ménagement.

- Sors d'ici, immonde créature ! Tu n'as aucun droit d'entrer ici !

- Mais... Patron...

- NON ! Elles sont à moi ! Tu entends ! A moi ! Emmène le vieux au frigo, fais ton travail pour une fois et que je ne t'attrape plus jamais à roder par ici !!

Charles se cogne contre le mur dans le couloir sous l'impulsion donnée par son patron. La porte du bureau derrière lui se claque brutalement et il se retrouve alors seul dans le couloir. Gémissant.

- A moi ?! A moi ?! Han ! Et pour moi alors ? Hein ? Et pour moi ? Pour moi quoi ?

Son regard s'éclaire alors soudainement.

- Oh si ! Je sais ! Le petit ! Le petit ! Il est tout mignon ! Un peu abîmé à la tête... Bah, moi aussi alors... Oui, le gamin... A moi... A moi...

Il se redresse brusquement et part d'un pas sûr vers la salle d'embaumement, il sait que son patron en a pour un moment.

Dans le bureau, monsieur Blanchet observe silencieusement ses deux amies. Sa respiration s'accélère un peu...

- Ahhh mes femmes ! Que vous êtes belles ! Il vous a souillé de ses mains, moi je vais vous rendre hommage.

Il s'allonge lentement sur le corps de la femme étranglée et commence à déboutonner son pantalon.

Dans la salle de veillée, le discours à peine fini, les invités se demandent s'il serait bon de déranger monsieur Blanchet, mais la jeune femme aveugle insiste pour qu'on l'attende.

- Il va arriver, vous savez, il fait vraiment tout ce qu'il peut pour nos défunts, c'est un homme remarquable ! Il est juste seul avec un apprenti un peu... lent en ce moment et ils sont débordés. Patience mes amis, il va arriver.

Dans son bureau, l'homme debout cette fois-ci, se retire de devant sa dernière conquête, la suicidée venant de connaître une expérience dont elle sera heureuse de ne pas avoir conscience. Quand sa montre sonne à nouveau, il se rhabille soigneusement en soupirant.

- Décidément, jamais tranquille.

Il embrasse le visage figé de sa fiancée d'un jour, lui caresse la joue amoureusement, réajuste une nouvelle fois son costume et se dirige vers la porte.

HÉCATOMBES

En cette fin de journée, les deux amies apprécient ce moment de détente à discuter autour d'un bon café.

- Tu as vraiment de la chance tu sais, Pierre est littéralement fou de toi. Ça ne m'étonnerait pas qu'il te demande ta main un de ces jours.

- Et je l'aime tout autant tu sais, bague ou non. Il est fantastique avec moi, ça me change des losers que j'ai pu croiser avant lui.

- Profites-en bien ma belle, le bonheur, il faut le prendre chaque instant qu'il nous est donné.

- Je le sais bien. Et toi ?

- Personne à l'horizon.

- Et Kevin ?

- Kevin, non il ne pense qu'à sa bécane. Et vas-y que je te fais des roues arrières, et vas-y que je bats mon record de vitesse, et que j'ai la meilleure moto et que surtout je me casse bien la figure avec. Il ne parle plus que de ça.

- Tu es dure avec lui, en plus ça va lui coûter un max cette histoire.

- Oh ça je le sais, il a voulu que je lui prête de l'argent.

- Et ?

- Je lui ai dit d'aller bosser avec Pierre.

A ces mots, la porte d'entrée s'ouvre sur Pierre qui rentre du travail. Il a l'air épuisé. C'est tout juste s'il ne s'écroule pas sur la chaise aux côtés de Julie, sa fiancée qu'il embrasse tout de même tendrement. Elle s'inquiète un peu le voyant ainsi.

- Tu as l'air épuisé.

- Je le suis. Dure et longue journée. Pour finir en prenant un rapide café chez Kevin qui m'a saoulé avec son histoire de moto.

- Tu vois, s'enquiert l'amie de Julie, Sofia, il ne pense à rien d'autre Kevin. Sa moto. Sa fichue moto. Bon, allez, crevé comme tu es Pierre, je vais vous laisser tranquille. On se voit toujours demain pour l'ouverture des soldes Julie ?

- Bien sûr chérie.

Pendant que les filles se disent au revoir en papotant encore un peu sur le pas de la porte, Pierre se sent vraiment faible, sa vue se trouble, ses muscles ne répondent plus vraiment, sa tête tourne et c'est finalement le noir complet qui s'impose.

A son réveil, il est allongé sur le canapé du salon, totalement désorienté.

- Putain, je me sens comme un lendemain de cuite. Chérie, tu as des cachets pour moi ? Chérie ? Julie ? T'es déjà levée.

N'obtenant aucune réponse, il tente de se redresser, encore vaseux. C'est alors qu'il sent son pull mouillé, mais lorsqu'il regarde de quoi il s'agit, la couleur rouge et l'odeur âcre de métal ne laissent aucun doute. C'est bel et bien du sang. Levant à peine les yeux sur la masse allongée sur le sol, il reconnaît Julie instinctivement ; elle est inerte, face contre terre. Paniqué, il se jette à genou près d'elle et la retourne pour la prendre dans ses bras. Elle est immobile, froide et les membres légèrement rigidifiés. Ses gestes se font alors rapides et maladroits, il ne sent pas de pouls, mais prie pour que cela vienne de lui. Seulement, elle baigne dans une mare de sang, un couteau de cuisine tombé à ses côtés. En voulant la reposer pour alerter les secours, il s'aperçoit également qu'elle a le crâne ouvert, du sang et une masse blanche lui recouvre la main avec laquelle il la maintient contre lui. Ne parvenant pas à recouvrer totalement ses esprits, il ne cesse de parler à sa bien-aimée tout en se redressant tant bien que mal.

- Mon dieu, Julie, qu'est-ce qu'il s'est passé ? Au secours, on a été attaqué ! Julie, Julie, ne me laisse pas, je vais chercher du secours. Julie.

Debout près du meuble de télévision, il trouve son téléphone portable. Il s'apprête à faire un numéro d'urgence lorsque l'on frappe violemment à la porte.

— Et bien, vous avez dû faire une sacrée fiesta hier soir, tu fais une de ces têtes ! Annonce Sofia qui est entrée sans que Pierre ne réalise vraiment comment. J'ai pris ton courrier, ta boite aux lettres déborde et la porte ne ferme plus. T'es pas très bricoleur hein ?

Et elle dépose lourdement une masse sur la table. Il jurerait voir de la viande à la place de son courrier et Sofia enjambe le corps de Julie pour aller s'asseoir sur le canapé, sans visiblement remarquer la scène de crime ni le corps de son amie. Pierre croit halluciner.

- Mais, mais, enfin, tu ne vois pas, elle est morte.

Sofia, assise sur le canapé, regarde pensive le mur d'en face où sont précieusement accrochées des affiches encadrées et pour certaines dédicacées, trésors et passion de Pierre depuis son enfance.

- Tu sais, Julie t'aime sincèrement, tu devrais vraiment prendre mieux soin d'elle. Lui crache Sofia au visage sur un ton méprisant.

Pierre est tombé à genou et se balance au-dessus du corps de Julie. Il commence à entendre des voix... des voix d'hommes :

- Mais Pierre, qu'est-ce que tu as fait ?

- Julie... mon dieu, elle est morte...

- Pierre, lâche ce couteau, Pierre non.

Il secoue la tête et se met à hurler.

- Ça suffit, ça suffit la ferme !

- Pierre, dit Sofia, cesse de hurler voyons, il n'y a personne pour t'entendre ici.

- Putain, faut que je sorte, faut que je sorte de là.

Il se relève, attrape son portable, perd l'équilibre en repartant à cause du sang sur le sol, et finit par sortir de chez lui complètement paniqué. En haut de l'escalier, il reprend son souffle une minute. L'air frais lui fait du bien.

- Hey, ta mère ne t'a jamais appris à faire les courses, ton frigo est vide. Me suis servie ailleurs, tu m'en veux pas hein. S'exclame Sofia, les mains pleines de sang.

Pierre se recule et manque de tomber. En rouvrant les yeux, Sofia n'est plus là, elle s'est matérialisée au bas des escaliers. Elle fait face au distributeur de location DVD installé là, sur la façade de sa maison, le regardant soudain avec un regard noir.

- Pourquoi t'as fait ça ? Pourquoi tu l'as tuée ?

Elle sort de son dos l'énorme couteau de boucher qui traînait au sol près de Julie et reviennent alors les voix d'hommes.

- Monsieur, est-ce que ça va ? C'est votre sang ?

- Monsieur, monsieur, pitié non !!!

Pierre descend les escaliers qui le mènent à la rue à toute vitesse. Traverse sans même jeter un œil à la route et fonce au parking au bout de la ruelle qui fait face à chez lui pour prendre sa voiture. En même temps, il appelle son ami.

- Kevin, putain Kevin... je suis sur que c'est toi... ça a commencé après notre apéro

- Quoi ? De quoi tu parles ?

- T'as foutu quoi dans mon verre hier ?

- Ha ha ha, tu te tapes un mauvais trip c'est ça ?

- Déconnes pas putain. Y a du sang, y a du sang partout... qu'est-ce t'as foutu ?

- Wow, c'est violent ton « hallu »

- Kevin !

- OK OK, je t'avais dit que j'avais besoin de thunes pour ma moto. J'ai accepté de revendre une nouvelle came, mais je voulais la tester d'abord. J'ai pensé que t'aimerais, en souvenir du bon vieux temps.

- Le bon vieux temps, connard, Julie est morte, elle est morte... on va régler ça, j'arrive.

*

La journaliste témoigne sur le pas de la porte, devant la maison de Pierre, l'air grave.

- Je me trouve devant le domicile du jeune homme interpellé tôt ce matin. Visiblement sous l'influence d'une toute nouvelle drogue, il s'est livré à un véritable massacre. Sa petite amie a été tuée de 32 coups de couteau durant la nuit. Il a ensuite agressé mortellement un voisin, un client du vidéoclub situé juste en bas ainsi qu'un ami qu'il est allé voir en fin de nuit. Les forces de police ne cachent pas leur inquiétude face à la mise sur le marché de cette nouvelle drogue qui provoquerait donc de graves hallucinations, paranoïa et déciplerait les forces des personnes la consommant. Les inspecteurs chargés de l'enquête craignent une recrudescence des crimes sanglants dans les jours à venir.

*

Un homme vêtu de noir de la tête aux pieds, un carton sous le bras, le téléphone dans l'autre main, s'avance vers le coffre ouvert de sa voiture.

- Écoute, Mark n'aurait jamais dû t'entraîner là dedans... Putain, mais t'écoutes pas les infos, ce que t'as dans les mains, c'est de la merde. De la mort en sachet. S'époumone la voix dans le téléphone.

- Ça, je m'en branle. T'as vu ce que ce gars m'a payé pour cette livraison. Un seul colis et j'ai une vraie fortune entre les mains. Vu la galère que je vis en ce moment, je m'assois volontiers sur toute forme de conscience. Et si c'est un massacre qu'il veut ce gars, moi j'encaisse mon pognon et son bain de sang, je lui donne.

Sur ces mots, il coupe son téléphone, jette son carton dans le coffre de sa voiture, par-dessus une affiche pour une convention de cinéma très réputée. Le slogan officiel promet une ambiance des plus sanglantes pour un public averti.

THÉRAPIE

«Thérapie = Art de soigner par l'esprit des souffrances tant psychiques que somatiques.»

La voiture blanche arrive en trombes devant une des innombrables petites maisons en pierre et en bois du village, se gare juste devant la porte et un homme en descend avec des gestes brusques qui trahissent sa colère. Avançant rapidement en prenant grand soin de longer les murs, la mine renfrognée, il ne dit bonjour à personne. Les villageois le regardent passer, certains avec mépris, d'autres du coin de l'œil au travers d'une fenêtre, d'autres encore semblent avoir une certaine compassion en le voyant, les derniers semblent méfiants... L'homme continue ainsi durant un long moment, traversant les ruelles le séparant de chez lui. Il vit dans un de ces quartiers où l'on accède uniquement par d'étroites rues piétonnes. Là, tout en haut d'une de ces ruelles, arrivant devant la dernière maison bien isolée des autres par sa situation, il sort ses clés et entre. L'homme vêtu d'un jean sombre et d'une chemise à manches longues de couleur bordeaux, négligemment entrouverte sur un torse paré de nombreux bijoux en argent, entre dans l'habitation toujours en proie à sa colère. Il referme la porte d'un geste brusque, jette son portefeuille et ses clés sur le plan de travail de la cuisine, grande pièce ouverte sur l'entrée et le salon. Le meuble blanc se trouve à sa portée, juste en face de lui. Ses affaires tombent lourdement à côté d'une plante verte plantée dans un large pot qui décore le meuble. Il quitte ensuite un à un ses bijoux et sa montre qu'il pose également près de la plante, et se déchausse tout en pestant, seul dans la pièce.

- Mal baisée. Ton père, il te la foutu où le clignotant ? Salope ! Faut plus que je sorte moi, avec tous ces gueux, crades et ignares... Exécutés ! Faut tous les exécuter. Pour qui ils se prennent. Plus de discipline, plus de respect, que des cons... Tous des cons ! Allez ! Combien ça va encore me coûter cette histoire ?

*

Sur le grand parking désert, une femme avance tranquillement entre les voitures. Elle se baisse tout aussi lentement pour ramasser des clés qu'elle vient de faire tomber. N'importe quel homme passant par là à ce moment précis ne pourrait s'empêcher de laisser errer son regard vers elle. Séduisante et respirant la douceur. Vêtue d'un pantalon de couleur sombre et des chaussures à hauts talons, une veste cintrée ouverte sur un chemisier de soie, elle est des plus charmantes, dans sa toute fraîche trentaine. Ses cheveux longs et bruns sont relevés en un chignon étudié soigneusement. Elle reprend sa route quand le téléphone sonne.

- Allô ? Ah c'est toi ! Je suis désolée, j'ai une urgence, un patient que je dois voir...

- Je sais bien, reprend-elle après avoir écouté brièvement son interlocuteur, mais tu connais mon travail, cela a toujours été...

- Non, je ne veux pas avoir ce genre de conversation maintenant. Je rentre dès que je peux. La consultation devrait durer une petite heure et alors, je rente...

Visiblement, l'autre personne au bout du fil lui a raccroché au nez. Avec un soupir d'agacement, elle range son portable dans son sac et reprend sa route.

*

D'un pas vif, l'homme toujours très remonté, contourne la grande table qui orne l'espace de sa cuisine et pour aller se préparer une tasse de café dans sa cafetière posée sous un des placards suspendus. Il continue de pester tout en s'affairant.

- Et après, on me dit de ne pas m'énerver ! Ha !

Pendant que le café se prépare, l'homme va se rouler une cigarette près de l'évier. Il semble se calmer un peu. L'approche d'une bonne dose de nicotine et de caféine à venir semble le réconforter un peu. Il attrape ensuite la télécommande restée sur la table pour lancer sur sa console un CD de musique classique. La mélodie jouée au piano retentit. Calme, lente, apaisante. Il fume enfin sa première cigarette depuis son arrivée, ce qui le relaxe et se lève chercher sa tasse de café pour la boire tranquillement, comme il dégusterait un verre de nectar des dieux. Il détache un à un les boutons de sa chemise encore attachés avant de la retirer, se lève, pose sa tasse vide dans l'évier et quitte la pièce. C'est dans sa chambre et sans plus de gestes, toujours en pantalon, mais déboutonné, qu'il se laisse choir sur son lit. Sur le dos, respirant lentement, il ferme les yeux. Le sommeil fait rapidement son œuvre..

Ses pensées s'égarent et il ne fait rien pour les retenir aimant vagabonder dans son imaginaire au rythme de la musique. Quand il sombre enfin, ses rêves ne lui laissent pas de répit, pas de sommeil de plomb tant espéré. Dans son esprit se succèdent des vues médicales de cerveaux, des cachets renversés de leur bocal, une camisole, le penseur de Rodin, une grande bibliothèque. De gestes brusques en mouvements incessants, il grimace. Toutes ces images s'entremêlent encore et encore. Toujours au rythme de la musique classique maintenant plus forte. Par moments, les images se brouillent comme un écran de neige à la télévision. Mais continuent, comme inéluctables, semblant porteuses d'un message qu'il ne parvient pas à déchiffrer.

*

A son réveil, il est soudain bien confortablement allongé sur un canapé en cuir noir. Il n'en semble pas perturbé, mais plutôt détendu, les yeux toujours fermés profitant du silence qui règne, il ne bouge pas. Appréciant le calme et la sérénité ambiante.

Après quelques secondes de silence, une voix de femme retentit :

- Eh bien... Pourquoi m'avoir demandé une consultation en urgence ?

La voix extirpe brutalement le jeune homme de ses pensées, il ouvre alors les yeux en grimaçant légèrement d'agacement. Sans se lever ni regarder vers la personne qui s'est adressé à lui, et après quelques secondes, il répond avec calme.

- Je n'ai rien exigé de tel.

- Que faites-vous ici alors ? Vous m'avez appelée pour que l'on se voie. Vous aviez besoin de me parler. Vous n'en avez pas le souvenir ?

- Je ne suis pas dans votre cabinet et vous le savez parfaitement...

- Non, je n'en sais rien. Comment expliquez-vous que je sois ici au lieu d'être chez moi ?

- Je n'ai absolument rien à vous expliquer. Vous n'avez aucune existence en dehors de celle que je vous donne pendant nos entretiens.

- Vous en êtes donc parfaitement convaincu ? Pour vous, je n'existe pas.

- Vous n'existez que dans ma tête

- Alors, pourquoi me tenir une conversation si je ne suis pas réelle ?

- Parce que c'est plus agréable que de parler tout seul. Vous êtes tout de même plus sexy que ma sale gueule dans le miroir.

- Et ce cabinet est plus sécurisant que votre maison ?

- Je vous l'ai déjà dit, nous ne sommes pas dans votre cabinet.

- Très bien. Et alors ? Où sommes-nous?

La jeune femme est confortablement assise dans un gros fauteuil, placé au bout du long canapé en cuir noir sur lequel se trouve son patient. D'elle, il ne voit que les jambes croisées, vêtues d'un pantalon sombre et de chaussures à talons. Son bras posé sur un accoudoir tient un stylo et prend des notes sur un petit cahier.

- Je suis chez moi... Je dormais...

- Et vous rêviez ?

- Non, je pensais. Je pense toujours. A chaque instant.

- A quoi pensiez-vous ?

Il ramène ses mains sur son torse et semble plonger dans ses pensées en fixant intensément le plafond au dessus de lui.

- A la vie. La vie d'un tout jeune garçon...

Le silence s'installe de nouveau. L'homme repart dans ses pensées. Il visualise absolument chaque mot qu'il prononce, tout ce qu'il se décide à confier à cette femme troublante. Les images se succèdent de nouveau dans son esprit. Une ombre d'homme sur une route ; un petit bois désert ; une arme posée sur une table ; un ciel sombre ; un enfant de dos face à la mer ; des bateaux dans un port ; un arbre mort ; une petite moto électrique d'enfant renversée sur le sol ; une main d'enfant tendue ; une peluche éventrée ; une larme coulant sur une joue ; une grande penderie vide avec seulement sur le sol un petit camion rouge renversé et un verre d'eau... Des sons s'ajoutent à présent à ces nombreux souvenirs d'enfant, des sanglots lointains, les cris d'une femme qui dispute et insulte, des coups donnés.

L'homme n'a pas bougé. Le silence s'installe un instant. Puis la voix retentit de nouveau.

- Voyons, tout ceci n'évoque pas vraiment la vie, c'est un peu confus, ne trouvez-vous pas?

- La vie n'est pas forcément limpide et heureuse.

- Très juste. Et qui est cet enfant ? Est-ce que c'est vous ? Vos souvenirs ?

- Aucune importance pour le moment.

- Alors, pourquoi l'évoquer? Qu'attendez-vous de moi ? De nos séances ? De cette séance en particulier ? Je vous ai déjà guidé vers le travail que nous avions à faire ensemble et sans cesse vous le rejetez de toutes vos forces afin de vous repaître de vos pensées. Je ne suis pas là pour cela. Si cela a un but précis dans notre parcours, je vous écouterai le temps qu'il faudra, mais je souhaite dans le cas contraire que nous avancions à présent. Vous comprenez ? Frédéric ? M'entendez-vous ?

L'homme ne répond pas. Son regard, perdu, sans expression, se glisse lentement jusqu'à une fenêtre qui offre une large vue sur un vieux village, deux grandes bâtisses en pierre font face au bâtiment où ils se trouvent actuellement. Au bout d'un long silence, Frédéric se décide de nouveau à parler.

- Aujourd'hui, mon plus grand regret n'est pas cette enfance, mais ma famille, celle que j'avais créée, et ma femme.

- Vous étiez marié ?

- Je le suis toujours dans mon âme.

- Que s'est-il passé ? Pourquoi avez-vous été séparés ?

- Au départ, j'ai cru que c'était ma faute, mais... ce n'était que... une expérience de vie. La vie est une traîtresse qui vous pousse parfois dans les affres de l'enfer.

*

Il fait presque nuit, la rue du village est déserte, pas de passants, ni voitures, ni même un chat de gouttière. Frédéric arrive lentement, vêtu élégamment, avec une chemise blanche, comme pour se rendre à une soirée. Il longe un mur de maisons sans trottoir avant, prudemment, de traverser. Il avance sereinement, sans regarder sur les côtés, puisqu'il n'y aucun bruit de moteur approchant. Le silence règne, il semble perdu dans ses pensées comme à son habitude. Il s'enfonce dans la pénombre d'un étroit passage entre deux bâtisses le conduisant à un parking collectif ouvert, parsemé d'arbres. Arrivé à la hauteur d'un véhicule blanc, il en ouvre la portière du côté du conducteur et s'installe à l'intérieur.

- Il est utile que je tente de raconter cette histoire à la troisième personne pour une meilleure compréhension.

- Vous faites comment bon vous semble. C'est vous qui tenez les rênes. Du moins, pour ce soir. Je vous écoute.

- L'homme est assis, seul, à une table couverte d'une longue nappe tombante, face à des couverts et un verre de vin. Il est visiblement dans un restaurant. Une légère musique de piano comble le silence d'une ambiance douce. Une ombre apparaît alors derrière lui, qui boit une gorgée de vin.

Frédéric se laisse de nouveau emporter au gré de ses souvenirs, voguant d'une image à une autre dans son esprit. Espérant que cela le libérera un peu. Il a vécu trop de choses à son goût, perdu trop de choses, trop de personnes. Trop de souffrances, trop d'égarement. Voilà le but de cette comédie, vider son sac. Si cela n'arrange rien, ce dont il est certain, au moins cela aura le mérite de l'alléger un peu. Du moins, l'espère-t-il.

- Venez à moi, supplie-t-il, vous qui ne me laissez plus aucun répit, souvenirs, confessions…

Une main masculine se rapproche d'une autre main d'homme ; deux verres s'entrechoquent ; deux silhouettes dînent ensemble. Il les distingue parfaitement, les voit à tour de rôle autour de la table maintenant dressée pour deux personnes : lui-même en chemise blanche et l'autre en chemise noire.

- Continuez. L'encourage celle qui l'écoute attentivement après qu'il se soit interrompu brièvement.

- Notre homme est attablé et propose de remplir le verre de cette personne qui lui fait face en levant la bouteille de vin. C'était un restaurant qu'il ne connaissait pas. Il avait souhaité prendre l'air après une dispute avec sa femme. Et l'autre est venu à lui. Je pense que ce soir là, le destin s'est noyé dans l'alcool et la détresse. De nouveau notre homme, assis face à lui-même. Oui. L'autre homme, c'est lui, en chemise noire, se faisant face sans que cela semble le perturber. Il boit son verre de vin tout juste rempli. Il se regarde également fixement.

- Revenons-en à cet événement, je vous prie. Vous êtes en train de vous égarer. Que s'est-il passé dans ce restaurant ? Et pourquoi ne pas me dévoiler l'identité de cet autre ?

- Un peu de patience. Vous êtes là pour m'écouter et non me couper. Ce qu'il s'est passé ? J'y viens. Et je vous l'ai dit, une expérience de vie... L'homme termine son assiette tranquillement. Il sourit face à lui après s'être essuyé la bouche avec sa serviette sagement posée sur les genoux. Le repas fut agréable et la compagnie aussi alors il est revenu, encore et encore. Laissant se tisser un lien nouveau et plaisant, sans trop se poser de question. Avec cet homme. Cet étranger devenu proche. Trop.

Il cesse de parler. Après un court silence, la voix de la psy résonne encore.

- Êtes-vous allé au bout de cette expérience ?

- Cessez de m'interrompre sans cesse. Écoutez, apprenez. Pff. Notez aussi si bon vous semble. Une multitude de détails me reviennent subitement en mémoire, au gré de mes pensées. Oui, encore, laissons-nous porter... Une ombre masculine sur le dessus de lit ; Une main déboutonnant très lentement la chemise blanche de l'homme ; lui qui s'adosse soudain à un mur avec les yeux fermés comme pour se laisser aller à de nouvelles sensations avec un bref regard vers le bas comme pour voir et apprécier ce qu'il se passe ; un sourire détendu se dévoile à peine sur sa bouche et ses yeux se referment pour goûter chaque sensation ; une table de chevet avec deux verres en partie remplis et une bouteille de Whisky entamée le bouchon négligemment posé à côté ; une main d'homme se saisit lentement des deux verres ; une ampoule allumée au plafond s'éteint ; dans la pénombre une main caresse un torse à travers cette chemise ouverte ; la main descend sur l'entrejambe par-dessus le jean et entreprend de descendre la fermeture éclair avant de se glisser à l'intérieur ; une langue passe sur des lèvres entrouvertes ; des yeux fermés abandonnés aux sensations.

Sur le canapé de cuir noir, Frédéric est toujours allongé, les yeux fixant le plafond. Son médecin prend des notes alors que le silence s'installe. Lui a refermé les yeux comme pour plonger dans une méditation intérieure. La voix de la psy le tire une nouvelle fois de ses pensées, ce qui l'agace sérieusement.

- Et votre femme ? Comment l'a-t-elle appris ?

- Vous êtes encore là ?

- Vous êtes venu me demander de...

- Non, je vous l'ai déjà dit. C'est vous qui ne voulez partir. Je n'ai rien demandé.

- Nous verrons cela plus tard. Pour le moment, continuez. Votre femme.

Frédéric se redresse pour la suite et regarde cette fois droit devant lui, fixant le vide, le mur devant tout, sauf la psy assise à son côté.

- Ma femme était partie un temps pour faire le point, comme l'on-dit couramment, quand tout ceci est arrivé. A son retour, je lui ai raconté mon expérience, mon trouble, mon questionnement, mon amour pour elle. Le moment ou la façon n'étaient point idéalement choisis. La compréhension n'a su s'installer. Elle est partie. Elles sont parties.

- Elles ? Pourquoi utiliser le pluriel Frédéric ? De qui me parlez-vous ?

- De ma femme... et de ma fille. Je les ai perdues toutes les deux.

- J'ignorais que vous aviez une enfant.

- Comment auriez-vous pu le savoir ? Je ne vous en ai jamais parlé.

- Pourquoi aujourd'hui ?

- Parce que vous êtes là et que je suis d'humeur bavarde.

- Est-ce la seule raison ?

L'homme ne répond pas.

-Vous les voyez toujours ?

- Non je vous l'ai dit, elles m'ont quitté. Je les ai perdues pour toujours. Elles sont sorties de ma vie, m'empêchant de les protéger du malheur qui s'abattit sans crier gare.

- Un malheur ? Racontez-moi. Quel malheur ?

- C'est notre enfant...

- Un enfant est-il un malheur ?

- Cessez de me couper ! Vous comprenez de travers ! C'est la dernière fois je vous préviens.

Il se lève, trop troublé pour rester immobile un instant de plus sur ce canapé. S'approchant de la fenêtre, il regarde fixement et en silence vers dehors. Il prend soudain une grande inspiration pour un aveu lourd à énoncer.

- Je l'ai tué.

La suite de sa confession se fait machinalement, les mots sortent tout seuls sans qu'il n'ait besoin de penser, de rationaliser ou organiser ses pensées. C'est un moment si extrême et puissant qu'il le revit comme si cela était arrivé la veille. Dans ses pensées cependant, tout est décuplé, chaque seconde, chaque geste, chaque son. Des bruits de pas dans une rue. Frédéric avance lentement dans une ruelle laissant une place derrière lui. Il fait sombre. Arrivé presque au bout du long mur de pierre qu'il longeait, il stoppe son avancée et lève lentement la tête pour observer une fenêtre un peu en avant, au-dessus de lui. La lumière est allumée à l'intérieur, faible, probablement une lampe d'ambiance. Derrière les rideaux se dessine alors une silhouette d'homme passant furtivement et s'asseyant probablement sur un canapé, car l'homme se laisse choir quasiment. Frédéric est appuyé contre le mur, regardant loin devant lui, perdu dans des pensées sombres. Vêtu d'un gros pull de couleur sombre, il passe sa main dessous pour tâter un objet que l'on pense deviner par la forme qui se dessine sous le tissu, un couteau.

- Je suis là pour lui, je suis sa victime en un sens, mais aussi le juge et le bourreau. Ce soir, il doit mourir de ma main.
Frédéric fait à présent face à une porte, il respire fort levant très lentement la main, s'apprêtant à frapper.

- Ce moment fut peut-être le plus intense. Attendre, là, sachant ce qui allait arriver alors que lui n'en savait encore rien.

Il frappe à grands coups sur la porte. La porte s'ouvre, laissant apparaître un torse d'homme dont on ne voit pas le visage. Ce personnage surpris d'être dérangé à cette heure par un parfait inconnu fait un pas en arrière, sans lâcher la porte de sa main.

- Mais... qui êtes-vous ? Il est tard pour frapper ainsi chez les gens.

Frédéric venu exécuter un dessin effroyable sort brutalement son couteau de sous son pull, portant le premier coup à cet homme qui a fait l'erreur d'ouvrir sa porte à un inconnu. On ne voit plus que notre homme sur l'entrée de cette maison. Une flaque de sang s'est déjà répandue par terre lorsque Frédéric se décide à entrer. La victime n'est pas là, mais l'on peut la suivre à la trace par la traînée qui s'est faite derrière lui, tenant de mettre une quelconque distance entre son agresseur et lui. Frédéric regarde l'intérieur de cet appartement, sa victime a rampé un peu plus loin, et entre très lentement en refermant calmement la porte. L'homme blessé est tombé au sol, dans son salon qui fait office d'entrée. Le canapé est recouvert d'un grand plaid. La petite table basse est ornée de seulement deux télécommandes. Et entre la table en marbre et bois brut et le meuble portant l'écran plat, gît la victime sur le ventre, se tordant de douleur, du sang s'écoulant lentement sous son corps. Il rampe. Sur la télévision, défile un documentaire sur les canards et les cygnes. Banal, troublant en fond sonore la scène macabre en train de se jouer. Devant la porte, Frédéric regarde sa victime ramper au sol. Il avance lentement vers elle. Arrivé au dessus de ce corps, il brandit de nouveau son couteau et s'accroupit pour porter de nouveaux coups. Le documentaire sur les canards et les cygnes défilant à la télévision et les gémissements de douleur de la victime. Un passant improbable à cette serait le témoin de la sauvagerie. De l'extérieur, on distingue parfaitement le haut du corps de l'agresseur et les violents coups de couteau qu'il est en train de porter à sa victime.

Frédéric s'est finalement relevé, essuyant son couteau sur l'intérieur de son pull et regardant dehors, pensif.

- Il est mort bien trop rapidement.

La victime est allongée de tout son long, maintenant, son corps est détendu. Il ne respire plus. Du sang s'est écoulé partout sous son corps et sous ses meubles. Ses plaies sont nombreuses. Il gît face contre terre. Frédéric regarde fixement sa victime un long moment et repart très lentement par la ruelle dont il est arrivé, vers la place du village.

- Ce soir, c'est comme cela que j'ai... J'ai rendu justice à mon seul enfant victime d'un pédophile

Lui reviennent alors à l'esprit les souvenirs déchirants d'une enfant. Un bébé qui dort sans que l'on distingue vraiment son visage ; Un sourire de fillette dont on ne voit pas le visage entier non plus ; une main de fillette dans la main de son papa ; un câlin entre eux, la fillette de do ; un poupon qui s'écrase lourdement sur le sol ; un verre qui se brise par terre ; une poupée dans un miroir fêlé qui lui déforme le visage ; une petite fille allongé face contre terre sur un sol carrelé.

- Est-ce pour cela que vous avez été incarcéré ?

- Comment savez-vous cela ?

- Voyons, nous nous voyons dans le cadre de votre réhabilitation. Non ?

- Mais bien sûr que non ! Vous délirez ! Vous sortez d'où ? Vous êtes sûre d'être vraiment psychiatre ?

- Vous êtes venu à moi pour cela. Je suis donc là dans ce but.

- Ça, c'est une réponse de politicien. On la comprend dans le sens que l'on veut.

- Que faites-vous ici alors ? Pourquoi cette résistance ?

- Vous m'avez déjà posé cette question.

- Et vous n'avez pas répondu.

- Parce qu'il n'y a pas de réponse.

- Il y en a toujours.

- C'est exact, mais ce débat ne m'intéresse pas.

- Qu'est-ce qui vous a amené jusqu'à moi ce soir ? Cette confession ?

Frédéric reste de nouveau immobile. Il ne dit un mot, comme statufié. La main de la psy pose son stylo sur son calepin de notes.

- Je pense qu'il serait bon d'arrêter pour aujourd'hui.

- Ha bon ? Je vous ennuie peut-être ?

- Vous n'avez visiblement plus rien à dire pour cette séance. Et nous avons beaucoup à réfléchir sur ce qui s'est dit ce soir, n'est-ce pas ?

- Il n'y a rien à penser. J'ai juste énoncé des faits. Et n'ai pas terminé loin de là. Puisque vous affirmez que je suis venu vous chercher, vous allez m'écouter.

- Pourquoi persister à refuser ma présence, ou plutôt votre présence ici ?

- Parce que nous sommes chez moi. Vous, je ne sais d'où vous sortez, mais...

- Il faut briser ce mur que vous dressez entre nous, nous en avons besoin pour avancer.

- Avancer vers où ?

- Vers la vérité.

- Quelle vérité ?

- Vous le savez au fond de vous. Vers la vérité de votre état psychique. Vers votre problème. Il faut vous y atteler avant qu'il ne soit trop tard.

- Pour quelle raison devrais-je vous écouter ? Où cela va-t-il me mener ?

- Vers la vérité. Vers votre salut.

Frédéric soupire profondément et se rallonge. Elle reprend son stylo.

- Avec ce meurtre sur la conscience... Avez-vous des remords ?

- Des remords, non. C'est la vie. Un chemin des plus durs m'a été réservé, depuis ma naissance.

- Voulez-vous nous conter cela ?

- Pourquoi « nous » ? Nous sommes seuls ici.

- Je n'ai pas dit nous.

- Qu'importe, j'ai envie de parler ce soir.

- Oui ?

- SILENCE !! J'ai envie de parler de mes voyages.

- Nous avons déjà maintes fois fait le tour de tous ces souvenirs.

- C'est comme il me plaît. Et puis, merde, après tout, je suis chez moi, pourquoi je me laisse embarquer dans ce délire.
Ils n'ont pas bougé. Chacun garde sa place et sa pose.

- Cessez donc de vous focaliser sur le lieu où nous sommes ou pas.

- Cela a son importance.

- Pourquoi ?

- Car si j'ai raison, je suis fou et ferais bien de me trouver un psy rapido !

- Alors, acceptez ma présence, acceptez que vous ne sachiez plus rien du tout !! Ni du temps, ni de ce qui est réel ou non.

- Hélas, je ne le sais que trop bien !

- En êtes-vous sûr ? Vous pensez bien que je suis une simple voix dans votre esprit.

- Parce que c'est le cas.

- Dans ce cas, vous avez la possibilité de me faire disparaître quand vous le souhaitez. Allez-y ! Prouvez-moi que je ne suis pas réelle.

- Ce n'est pas ainsi que cela fonctionne.

- Comment alors ? Expliquez-moi.

- Je pense que c'est mon inconscient qui veut me faire prendre conscience de quelque chose. Il vous impose à moi. Si je contrôlais tout cela, vous seriez encore bien plus séduisante et ce canapé servirait à tout autre chose.

- Et peut-être que vous êtes bien dans mon cabinet, en thérapie

- Suffit. Je suis las de toute cette mascarade.

- Alors, allons à l'essentiel. Je veux maintenant que vous disiez pourquoi vous avez acheté cette arme à feu.

- Mais, comment ? Vous ne pouvez pas savoir... Vous voyez que vous n'êtes pas

- Pourquoi avoir acheté cette arme ? Tuer encore ? Qui ? Dîtes-le moi

- Moi !

*

Frédéric est assis dans une toute petite pièce peu éclairée. Il est face à son bureau en verre sur lequel trônent son ordinateur portable, son imprimante et quelques dossiers en cours. Il regarde tout ce fouillis, range et débarrasse son espace. Une fois vidé du superflu, le bureau accueille une petite boite posée devant l'ordinateur par l'homme, délicatement. Ses mains ouvrent le petit paquet et en ressortent une arme à feu. Il tient à pleine main un pistolet qu'il examine, touche, caresse. Il observe cette arme, perdu dans ses pensées. Il finit par déposer soigneusement à côté de lui son pistolet, rapproche sa chaise du bureau et se met à écrire sur son ordinateur. Après de longues minutes, il se redresse de l'écran, relit en vitesse et acquiesce, satisfait. Alors, lentement, il recule de nouveau sa chaise et reprend son arme dans une main. Il respire tranquillement, il semble enfin apaisé, serein. Lentement, il remonte son bras jusqu'à poser son arme sur sa bouche qu'il ouvre également avec autant de lenteur, mais avec détermination. Il regarde droit devant et d'un coup ferme les yeux. Le coup de feu s'en suit rapidement.

Frédéric est allongé, yeux fermés, il ne bouge pas, ne parle pas. Après un instant, la voix de la psy le réveille un peu.

- Là, veuillez m'excuser, mais je ne comprends pas. Comment pouvez-vous être mort et en même temps, être ici et me parler ? Ne trouvez-vous pas cela incohérent ? Peut-être est-ce juste votre intention future. Dans ce cas, parlons-en.

- Non, tout ceci s'est passé.

- Peut-être... Dans votre esprit

- Mon esprit n'est plus.

Soudain, résonne aux oreilles de Frédéric une voix des plus familières.

- Chéri ? Mais à qui tu parles ?

Il se redresse brusquement sur le canapé, semblant totalement perdu, affolé par la voix qu'il vient d'entendre. Il regarde tout autour de lui. Il se lève et va directement dans sa cuisine.

- Vous voyez, vous n'existiez pas. Je suis bel et bien chez moi.

Une autre voix familière résonne d'une pièce voisine.

- Papa ? Papa ? Viens voir !

- Papa ne peut pas, ma princesse, tu es morte... Vous êtes juste dans ma tête. Sanglote-t-il.

Il se passe les mains sous l'eau du robinet et se les passe sur le visage pour reprendre ses esprits. Les voix continuent. Il est pourtant seul dans sa cuisine. Il cherche à faire sortir ces sons de sa tête en gesticulant, se masquant les oreilles avec les mains, prêt à devenir fou.

- Chéri, à qui tu parlais? Pourquoi tu ne me réponds pas?

- Papa, papa, je t'ai fait un dessin ! Viens voir !

- Tu m'as tué ! J'étais père de famille ! Comment as-tu osé !?

- Nous n'avons pas fini notre séance ! Revenez vous asseoir !

- Chéri ?! Réponds-moi !

- Tu nous as tués, tous, massacrés.

- Tu as vraiment perdu la raison cette fois ! Ha ha ha

- Ecoute-nous !

- Vas-y ! Prouve que tu n'es pas cinglé ! Regarde-nous ! Nous, tes fantômes !

- Comment vivre avec tout ce que tu as fait ? Comment peux-tu encore ?!

- Tu n'auras pas d'autres solutions, tu le sais, nous ne te laisserons jamais de répit!

- Papa ! Papa ! Papa !

- Jamais de répit !

- Revenez vous asseoir !

- Jamais de répit ! Jamais ! Jamais ! Jamais !

Frédéric secoue vivement la tête.

- Stop ! Stop ! La ferme ! Vos gueules !!!

Il tape fermement sur le plan de travail de sa cuisine et d'un coup, le silence s'installe pour être vite remplacé par des chuchotements, sans lui laisser le temps de reprendre ses esprits et savourer un calme retrouvé qui n'est pas.

- Mensonge, trahison, meurtre, détournement, lâcheté, mensonge, mensonge, folie, folie furieuse, mensonge, folie.

- Ça suffit, ça suffit !

Une femme se tient brusquement derrière lui, il sursaute à sa voix.

- Chéri, tu devrais continuer d'écrire au lieu de les écouter tous. Ils veulent te nuire, nuire à ton talent. Tu dois écrire, raconter tout cela.

- Tu n'es pas plus réelle, ni plus vivante qu'eux.

- Peut-être bien, mais moi, je ne veux que ton bien.

- Si c'était vrai, tu ne m'aurais pas quitté.

- Tu sais que c'est faux. Je ne t'ai pas quitté, tu as imaginé tout cela, car tu n'as pas supporté...

La femme s'approche pour le prendre dans ses bras, collée à son dos. A son contact, des images prennent le contrôle de l'esprit de Frédéric, à son insu, non, il ne veut pas se rappeler.

Une plage au coucher de soleil. Le couple enlacé, se tenant serré dans les bras l'un de l'autre. Un échange d'alliances. La femme en gros plan qui sourit et envoie un baiser à la caméra. Leurs deux mains qui se tiennent et se caressent. Une main d'homme glissé dans le soutien-gorge de la femme. Un parc où l'on voit de dos un père et sa fille marcher tranquillement le long d'un chemin. Le père est accroupi au bord d'un bassin et montre les canards à sa fille dont il ne voit jamais le visage. Le père joue maintenant au ballon avec sa fille, sagement assis dans l'herbe Le père tient sa fille dans les bras pour un câlin. Une peluche tombe sur du bitume, ensanglantée. Une voiture accidentée. Du sang qui s'écoule sur du bitume. Deux cercueils.

- Non, pas ça, s'il te plaît !

Il ferme fortement les yeux. La femme a disparu, il est de nouveau seul dans sa cuisine et se frotte les yeux d'une main.

- Eh bien, s'exclame une nouvelle voix, une voix d'homme. Regarde un peu ce que tu es devenu ! Tu n'as pas honte ! Parler à des fantômes ! Toi, un génie !

Frédéric sait qu'il est seul, il secoue la tête, les mains posées sur les oreilles. Les murmures sont presque inaudibles, les mots ne sont pas intelligibles, mais ne cessent pas pour autant de se répéter. Il se précipite vers son bureau. Une fois assis devant son ordinateur, il le démarre, cherche précipitamment un CD de musique qu'il glisse dans le lecteur. Les voix n'ont de cesse de murmurer de plus en plus fort. Le CD démarre, il branche son casque et se le plaque sur les oreilles. La musique classique de Mozart remplace les murmures. Frédéric écoute et sourit. Puis, se laisse envahir par la musique jusqu'à entrer en transe. Il est toujours à son bureau, à écouter cette musique qui lui tient l'esprit. Il se met à écrire sur son ordinateur en même temps. Il retape à toute vitesse tout ce qu'il vient de confesser à son illusion de psy où se mélangent ses souvenirs réels de l'accident avec les souvenirs qu'il s'est créés après la mort de sa famille, souvenirs où il s'est inventé sauveur de son enfant, mille prétextes ayant conduit à la fin de son amour, pour ne pas avoir à se souvenir de la réalité. Tout est confus, marque d'un esprit perdu... L'écrit se termine avec la musique. Il se redresse brusquement, regardant droit devant lui et poussant un cri brusque et bref. Les yeux écarquillés, il regarde devant lui encore un bref instant. De sous le bureau, sûrement posé sur ses genoux, il sort lentement un pistolet.

Un coup de feu retentit puis le silence de la mort prend place en chaque recoin de la pièce.

SECONDE CHANCE

Le soleil vient me chauffer le visage en cette heure pourtant matinale. Machinalement, je rabaisse mes lunettes noires sur mes yeux et continue mon agréable périple, les pieds dans l'eau claire de ce lagon paradisiaque. C'est un plaisir rarement égalé que de se retrouver ainsi, entourée par le seul sable blanc et fin que vient fouetter régulièrement le reflux de l'océan. Le son léger des vagues, une brise légère soufflant dans mes...

- Dring... Dring... Dring...
- Quoi ? Mais qu'est-ce que...

Déception. Je décroche mon téléphone.

- Ouais...
- Mais quelle voix agréable ! Ne me dis pas que je te réveille ?
- Qu'est-ce que tu veux... ?
- Un service ma belle, tu peux me remplacer pour mon show de ce soir ? Je suis aux urgences avec mon fils, je vais en avoir pour des heures et si les clients n'ont pas leur...
- Ouais, ouais, c'est bon, j'irai...
- T'es géniale ! Parce que la boss m'aurait passé un de ces sav...
- Quelle heure ? L'adresse ? La tenue ?
- Excuse... 22 heures... Heu, ah je l'ai, impasse des Glaïeuls, la maison aux volets bleus, infirmière.
- J'y serai.

Après un si brusque réveil, il va me falloir un sacré café. Merde quoi, j'étais bien moi sur ma plage à la con... Mais c'est Élise et c'est aussi une très grande amie, on a toutes deux atterri dans cette boîte par des chemins détournés. Des coups du sort, calembours de la vie comme on en subit tous plus ou moins. Elle y apprécie surtout l'argent que cela rapporte, vite et bien. Normal, elle a un enfant à nourrir et elle lui prévoit un avenir autre que celui qu'on a préparé pour elle. Elle place pratiquement tout ce qu'elle gagne pour ses futures études, l'aider à bien démarrer dans la vie. C'est une motivation très noble. Surtout quand on sait que notre patronne n'est pas toujours très regardante sur les conditions d'exécution des contrats, mais laisse aux filles le choix d'aller plus loin que leur seul show. Moi, c'est différent, je viens tout juste d'arriver et l'argent, je m'en contrebalance... Baroudeuse dans l'âme, je n'ai besoin que de peu pour me remplir l'estomac et ne pas me promener les fesses à l'air, du moins en dehors du travail.

- Dring... Dring... Dring...

- Je suis absente pour le moment, veuillez laisser un message... à personne !

C'est sûrement Élise qui s'assure que je suis déjà partie. Qui d'autre ? A l'heure qu'il est, l'alcool doit déjà couler à flots, surtout s'il s'agit comme c'est souvent le cas d'un enterrement de vie de garçon. Et d'autant plus que nous sommes dans les beaux quartiers. Impasse des Glaïeuls, c'est marrant ça de donner des noms de fleurs ou d'oiseaux aux rues des bourgeois. Moi, sans mentir, je vis au : 13 rue de l'enfer. Ça ne s'invente pas une connerie pareille. Ah ça y est. Qu'est-ce que je disais ? Un immense pavillon dans le plus grand quartier résidentiel de notre chère ville. Je ne leur envie pas pour autant... 22 heures sonnantes, je presse le bouton du carillon de la porte d'entrée. C'est un jeune homme bien bâti, châtain aux yeux bleus qui vient m'ouvrir.

- Pile à l'heure, parfait ! Entrez.

- Merci.

Le salon est immense, les volets sont fermés, des cadavres de bouteilles éparpillés partout. Sur la table principale, une partie de poker se termine.

- Les gars, voici notre attraction pour Joshua.

- Oh non, je vous avais dit que cela ne m'intéressait pas du tout, réplique gentiment le Joshua en question.

- Allez, on dit tous ça, mais tu vas voir, tu vas adorer.

- Ouais ! rétorquent tous en chœur ses amis.

Ils sont quatre en tout. Tous trentenaires, très séduisants, en costume aux chemises légèrement déboutonnées. Et tous à moitié ivres. Habitude. Lassitude.

- Pouvez-vous m'indiquer la pièce où je peux me changer ?

- Bien sûr, droit devant vous.

- Pendant que je me prépare, pouvez-vous glisser ce CD dans votre platine ?

- A vos ordres !

Je ne l'aime pas du tout celui-là.

Dans la salle de bains, j'ai tôt fait de me préparer et dans la foulée, entrouvre la porte pour faire signe de lancer la musique. Ils ont tamisé la lumière, dégagé le centre de la pièce et y ont assis Joshua sur une chaise. Ses amis ont pris place juste à côté, sur le canapé d'angle. Les yeux brillants par l'alcool et l'excitation du spectacle à venir et le futur époux gêné semblant vouloir à cet instant se trouver partout, sauf ici. Il était sincère, visiblement. La musique remplit la pièce et je fais mon entrée. Le show est toujours le même, d'abord une danse suggestive en faisant le tour des convives. Je commence par les amis afin que l'intéressé principal se mette à l'aise. Agitant mes courbes sous leurs yeux dévorants, ils apprécient ce qu'ils voient. Je prends un instant devant chacun, devinant qui préfère mes seins se promenant devant son visage, qui préfère mon déhanché juste au-dessus de son sexe, qui préfèrent mes mains mimant des caresses intimes... Je tourne autour de la chaise de Joshua qui me jette quelques regards seulement curieux et là commence l'effeuillage. Je dégrafe mon haut, bouton par bouton, laissant apparaître le peu de soutien-gorge que mon décolleté plongeant cachait encore et le lui pose à ses pieds. Accroupie, je détache ma jupe tout en remontant lentement le long de son corps. Je le sens crispé, alors je lui laisse un peu d'espace en dansant rien que pour lui. Ses amis derrière, eux, sont plus que dans l'ambiance et je me réjouis qu'ils l'aient choisi lui, cela m'évitera d'avoir à gérer des gestes déplacés. Quelques instants plus tard, mon soutien-gorge glisse le long de mon corps et je vais le poser autour du cou de Joshua tout en ondulant devant lui.

- Putain Joshua, t'es de marbre ou quoi ? Profite du spectacle !!!

- Allez, allez, continue !!!

Ils se sont levés et s'approchent de nous. Je me colle un peu plus contre Joshua, il m'inspire confiance. Mon dos contre son torse, je lui prends les mains pour les plaquer sur mon ventre et le guide à descendre mon string jusqu'à mes genoux. Là, je termine toute seule et me redresse pour terminer ma danse. C'est là que je l'ai sentie. La première main mal placée. Lorsque j'étais baissée, je ne les ai pas vus se rapprocher encore. Trop. Et là, ils sont autour de moi, ils me demandent de danser encore, contre eux.

- Le spectacle est fini, messieurs. Un strip-tease intégral. Et voilà, la musique se termine.

- On la relance. Allez, t'arrête pas comme ça !

- Laissez-la partir maintenant, leur lance Joshua mal à l'aise de nouveau.

- Oui, j'ai un autre contrat derrière vous, je dois...

Celui qui m'a ouvert la porte tout à l'heure me plaque contre lui et ondule du bassin contre moi.

- Une autre danse chérie...

Pendant ce temps, ses deux autres amis présents en profitent. L'un pour me presser la poitrine, l'autre se glisser dans mon entrejambe. C'est Joshua qui intervient et me permet de me dégager. Je file directement dans la salle de bains, dont la porte ne ferme pas hélas à clé. Il faut que je reprenne mon souffle et rassemble mes affaires. La porte s'ouvrant soudain me fait bondir le cœur dans la poitrine à en avoir la nausée. Mais c'est seulement Joshua.

- Je suis désolée, mademoiselle. Ils ne vous ennuieront plus. C'est l'alcool.

- Je connais la chanson. Merci. Tu n'es pas comme tes amis.

- Ils ne sont pas comme ça non plus d'habitude.

- Bien sûr que si...

- Je ne sais pas quoi vous dire... C'est inexcusable.

- Cela arrive très souvent.

- Ce doit être difficile, je n'imagine pas bien ce que vous...

- Tout se gère. Tu vas te marier alors ?
- Oui, dans deux semaines.
- Tu y crois vraiment ?
- A quoi ? Au mariage ?
- Oui, et à l'amour, la fidélité, jusqu'à ce que la mort nous sépare, toutes ces conneries...
- Oui. Oui, j'y crois.
- Tu es une espèce en voie de disparition.
- Non, bien sûr que non, sourit-il.
- Tu n'es vraiment pas comme tes amis...

Ses yeux ont failli sortir de leurs orbites quand il a vu mon pistolet sortir de mon sac, mes gestes ont été rapides et je ne lui ai pas laissé le temps de réagir. Lorsque je sors de la salle de bains, les autres n'ont rien remarqué, ils sont retournés autour de leur table de poker, d'autres verres à la main. Ils ne me lancent même pas un regard, pas une excuse, pas un remords... Ce genre de mecs sont bien tous (non, presque tous) les mêmes. Je ne saurai décrire la rage, le dégoût que je ressens pour eux. Tas d'immondices. La détente de mon arme est si sensible, elle fait son œuvre rapidement, précisément... Je regrette chaque fois qu'ils n'aient pas le temps de regarder la mort en face, mais mon instinct me dicte de faire vite. Les rayer de la carte, insignifiants insectes qu'ils sont... Si je m'écoutais, je resterais là un moment, à les observer, eux qui se comportaient si salement quelques minutes à peine auparavant... Mais déjà, j'entends bouger dans la salle de bains... Joshua, j'espère que la bosse et l'hématome causés par la crosse de mon arme auront disparu d'ici deux semaines...

*

- Argh... pourquoi m'as-tu frappé ? Donne-moi ton arme !! Tu es folle, ils ne vont rien...

Il n'y a plus personne en dehors de Joshua dans la salle de bains. Il tente alors de se relever en se tenant au lavabo. Sur le miroir, quelques mots griffonnés à la hâte avec un rouge à lèvres.
« Surtout, rends-la heureuse Joshua ! Tes amis eux, n'ont pas droit à une seconde chance... »

DISPARITIONS

La pièce ressemble à une salle d'interrogatoire, mais aux vues du décor autour, il s'agit pourtant d'un hôpital. A la table, au centre de la pièce, se tiennent deux personnes. Un homme en costume avec un dossier posé devant lui et un stylo dans la main. Il est âgé d'environ 55 ans, porte des lunettes et un badge avec son nom précédé de la mention " Docteur ". Face à lui, de l'autre côté de la table, une femme. Âgée d'une quarantaine d'années, en pyjama et visiblement assommée de médicaments, elle reste là, sans parler. Ses yeux sont tristes et cernés.

- Eleanor, c'est le Dr Meldoun. Vous vous souvenez pourquoi vous êtes ici ? Des gens viennent vous voir aujourd'hui.
La femme ne répond rien... ne réagit pas.

- Ce sont des parents qui... (une hésitation) Ils veulent parler de votre fils.

La femme laisse couler des larmes sur ses joues, mais son visage reste impassible.

- Leur fille a disparu, elle a été enlevée à son université, la même que celle que fréquentait votre fils et ils veulent vous poser quelques questions.
Ce ne sera pas long et je resterai là tout le temps. Je serai juste derrière vous.

Toujours aucune réponse de la part de la femme. Le médecin fait un signe vers le miroir sans tain et un infirmier de carrure impressionnante fait son entrée dans la pièce. Le médecin se lève doucement.

- Je vais les chercher.
La femme a les poings qui se serrent sur le bord de sa chaise.
La salle d'attente est sobre : des chaises simples, une table basse avec quelques magazines, un aquarium et quelques plantes vertes.

Aux murs, des sous-verres exposant des photos de nature et d'animaux. C'est là qu'attend le couple qui souhaite voir la patiente. Ils sont accompagnés par deux inspecteurs de police. Ils se lèvent tous à l'entrée du médecin.

- Bonjour... Inspecteur.

- Elle est prête ?

- Oui, mais vous n'aurez pas longtemps pour lui parler. Elle est instable et ce matin, elle ne réagit aucunement.(Il se tourne vers le couple) Je vous ai prévenus que cela n'aboutira certainement à rien, vous en êtes bien conscients ? Elle est en état de choc et refuse d'en sortir.

- Oui docteur, nous avons bien compris, mais nous devons essayer... pour notre fille...

- Très bien mais je ne peux autoriser que deux personnes pour entrer la voir.

- Je dois assister à l'entretien pour les besoins de l'enquête.

L'époux s'adresse alors à sa femme :

- Vas-y toi ! Peut-être qu'entre-mères... (Soupir) Fais ce que tu peux...

- Bien, suivez-moi, ne tardons pas. S'enquit aussitôt le médecin.

Ils sortent de la pièce.

La patiente n'a pas bougé. A présent, elle se balance lentement d'avant en arrière, le regard fixe et absent. A l'entrée des trois personnes, l'infirmier se lève et se met en retrait. Le policier reste près de la porte. Le médecin fait signe à la femme de prendre place sur son siège et lui, s'accroupit auprès de sa patiente.

- Eleanor ? ... Voici la maman qui voulait vous voir. Une maman qui a peur pour son enfant et vous pouvez peut-être l'aider... Écoutez-la !

Il se recule à peine. La patiente s'est arrêtée de se balancer.

- Bonjour... Eleanor... Mon enfant... Elle connaît en ce moment, la même épreuve que celle traversée par votre fils... Nous avons très peur pour elle... Eleanor, nous pensons qu'il s'agit de la même personne que celle qui... le même que... Je vous en prie, pour l'amour du ciel... Nous sommes toutes deux des mères, aidez-moi ! Aidez-moi à retrouver mon enfant... Racontez, souvenez-vous, parlez... Parlez-moi, par pitié. Un détail. Juste un détail pourrait nous

La patiente a posé les yeux sur la mère et lui répond d'une voix rauque

- Il partait à l'école comme tous les matins...

Le policier se redresse, et attentif, attrape un calepin et un stylo pour prendre des notes.

- Oui... Oui... C'est ça, continuez !

- On me l'a rendu en morceaux ! 17 ans ! Ce monstre a mangé mon enfant et m'a laissé trouver les restes ! Je n'avais pas fait assez, j'ai payé... Et vous paierez aussi !

- Noooon !

Le médecin se rapproche de sa patiente en lui posant les mains sur les épaules.

- Du calme Eleanor... Vous devriez comprendre son angoisse. Ce n'est pas elle qui a fait du mal à Tom. Ce n'est pas sa faute, ni la vôtre !

Mais la patiente commence à s'emballer et à parler de plus en plus fort et nerveusement.

- Si c'est lui, il va jouer avec ! Il va jouer avant de la découper vivante en petits morceaux et... de le manger ! Mais vous verrez, il n'y a pas tellement de sang finalement dans un jeune corps !

La mère fond en larmes.

- Je vous en prie !

Le docteur et l'infirmier mettent un terme à la discussion en emmenant la patiente agitée hors de la salle.

- Ça suffit! Ma patiente a besoin de repos.

Et ils entraînent la patiente hors de la salle, elle rit de façon démentielle à présent, mais se laisse emmenée. A la sortie des trois personnages, le policier doit retenir la mère par le bras pour éviter qu'elle ne les suive.

- Il a raison ! Cette femme a perdu la raison, elle ne nous aidera pas. Calmez-vous...

La mère pleure et s'effondre contre le mur. Le policier visiblement gêné et peu doué pour ces situations regarde dehors dans l'espoir d'y apercevoir le mari... En vain. La femme est à ses pieds et il la regarde pleurer.

*

Le couple vit dans un quartier résidentiel aux maisons neuves et aux jardins entretenus avec soin. Devant chez eux se trouve une meute de journalistes, ainsi qu'un cordon de police qui protège les accès à la maison. Le couple revient de l'hôpital, accompagné des Inspecteurs, dans une voiture banalisée. Ils doivent traverser la marée de journalistes pour atteindre leur porte d'entrée. La presse les inonde de questions. Le mari soutient sa femme qui essuie encore quelques larmes. Ils marchent de plus en plus vite, entourés par les deux inspecteurs qui tentent de tenir les journalistes à l'écart. L'inspecteur tente de tenir éloignés les micros.

- Aucun commentaire ! Laissez-nous passer ! J'ai dit : aucun commentaire !

Le couple et les inspecteurs sont entrés et referment la porte sur les journalistes retenus par les policiers en faction. La mère se rend vers le salon, mais s'arrête, retenue par l'Inspecteur La police a installé beaucoup de matériel, surtout d'écoute téléphonique en cas de demande de rançon.

- Retirez-vous un moment de tout ce brouhaha. Essayez de manger un peu et allongez-vous quelques instants. Vous devez vous poser un peu. Conseille l'inspecteur en charge de l'enquête.
L'Inspecteur la confie d'un geste à son mari en lui montrant la cuisine. Le mari acquiesce et y entraîne sa femme. L'Inspecteur s'approche d'un policier pour un rapport sur la situation.

- Toujours rien, Inspecteur. Aucune demande de rançon ne nous est parvenue.

- Le ravisseur aurait déjà dû se manifester... On doit privilégier la piste criminelle à présent... Il s'agit probablement de notre tueur, tout concorde trop bien...

Le couple entre et aperçoit leur vieille voisine qui se lève à leur arrivée. Elle était en train de trier du courrier. Trois amis sont aussi présents dans la pièce. Les deux femmes entourent amicalement la mère alors que l'homme sert un café au mari.

- Oh... Ma pauvre chérie, ce fut éprouvant à l'hôpital, n'est-ce pas ? s'enquiert la vieille femme aussitôt entrée.

- Cela n'aura servi à rien...

- J'en suis désolée... Il faut que vous mangiez un peu ma petite... Je vous ai fait une tarte, tenez, prenez-en une part...

- Madame Gertrape, vous êtes si gentille avec nous...

- Mais c'est bien normal voyons, entre voisins... et puis avec ce terrible drame... Oh, regardez, vous avez reçu du courrier de soutien... Il y a de bien belles lettres. Les gens ont encore du cœur de nos jours, et prient beaucoup pour votre petite !

*

Il fait très sombre, seules des raies de lumières qui passent au travers des fenêtres bouchées, condamnées. Ce peu de lumière permet d'apercevoir un peu de ce qu'abrite cette cave. Une table apparaît, sur laquelle est enchaînée une adolescente, bâillonnée et les yeux bandés. Elle bouge à peine les pieds. A côté de la table, sur une étagère basse, des outils s'alignent: scie, couteaux, hachoirs, ciseaux, bols... Plus loin, une cuisinière avec une marmite vide posée sur un des feux. Une étagère simple avec des bocaux remplis de viande, de sang, de doigts, d'yeux...Une grande poubelle où traînent des ossements.

*

Le père regarde un cadre avec la photographie de sa fille en tenue de danseuse. Pris par l'émotion, il repose le cadre sur le meuble au moment où un policier ouvre la porte d'entrée et se penche à l'intérieur.

- Reviens-nous...

- Tout est calme là dehors. Si vous voulez y aller, c'est maintenant ou jamais..

- Oui, je vous remercie...

Il s'engouffre par la porte derrière le policier qui ressort aussitôt.

Le père arrive avec le plat à tarte à la main devant une maison très fleurie, avec un tapis de sol décoré et annonçant que Dieu veille sur les visiteurs bien intentionnés ! Il respire l'air frais et va pour frapper à la porte. Celle-ci est entrouverte... Il hésite un moment puis pousse la porte et entre... lentement... Il entre timidement dans la maison de sa vieille voisine. Il se retrouve nez à nez avec la photo géante d'un matou horrible ! Le chat de la vieille dame est une star dans sa maison, des photos s'étalent partout... Au milieu de pots de fleurs, de plantes, et de crochets en décorations. Il sourit et cherche sa vieille voisine

- Madame Gertrape ? Votre porte est restée ouverte... Madame Gertrape ? Vous êtes là ? Je vous rapporte votre plat...

Il cherche timidement dans les pièces qui lui sont à portée des yeux. C'est alors que l'on entend la voix de la vieille dame qui semble parler toute seule dans une autre pièce. Le père se dirige au son de la voix et s'approche d'une porte fermée.

- Bon, mémé, ce n'est pas tout ça, mais es-tu sûre de n'avoir rien oublié ? Tu as tous tes ustensiles ? Oui... Parfait... Et tous les ingrédients ? Ma foi... Oui... Ça a l'air ! Alors, mémé, au boulot ma vieille ! A tes fourneaux !

Le père se prend à sourire et même rire... Il est derrière la porte et il approche sa main de la poignée avec un air attendri

- Madame Gertrape ? Vous nous mijotez encore un bon petit plat ? Vous êtes trop gentille !

Il ouvre la porte et entre avec assurance dans la pièce d'où venait la voix de la vieille femme.

*

Une voiture s'arrête en trombe devant la maison du couple et la mère en descend à toute vitesse. Sans prendre la peine de refermer sa portière, elle accourt vers la maison. Le policier en faction devant la porte la stoppe et se renseigne.

- Madame Mathéo ? Mais que vous arrive-t-il ?

- Mon mari ! L'Inspecteur Mandol ! Vite ! J'ai reçu une lettre à mon travail! On m'a demandé de venir la chercher... C'est... C'est une demande de rançon ! Ma fille est vivante !

- Entrez ! Mais votre mari n'est pas là...

- Mais... comment ça ?

- Il est chez votre voisine pour rendre de la vaisselle

- Oh, je vais le chercher ! On a enfin une piste, c'est miraculeux.

Et elle part en courant vers la maison de sa voisine. Le policier n'ayant eu le temps de la retenir, entre dans la maison pour aller chercher l'inspecteur.

- Inspecteur !

✳

La mère ne prend pas la peine de frapper et entre en trombes dans la maison. Elle est surprise par le noir et le silence qui règnent et refrènent son ardeur.

- Chéri ! Madame Gertrape ! On a du nouveau ! Vite ! *Mais elle s'arrête au milieu de l'entrée. Hésitante* Madame Gertrape ? Chéri ? Il y a quelqu'un ?

Elle jette un œil par réflexe dehors, derrière elle avant de refermer la porte et de chercher dans la maison. Elle traverse la pièce lentement, ne parlant plus. Son visage reflète la surprise et l'interrogation... Et elle décide de revenir sur ses pas...

✳

Le policier essaie d'expliquer ce qu'il vient de se passer à l'Inspecteur qui lui, est au téléphone.

- Elle est partie avec la lettre en question, elle veut que son mari soit là.

- C'est sûrement un canular. Avec toute cette médiatisation... Il est trop tard pour une vraie demande de rançon... Où est-elle là ?

- Chez sa vieille voisine, pour y chercher son mari.

- Bon, je vais les attendre à l'intérieur. C'est sûrement une fausse piste. (Puis, dans son téléphone) Oui, monsieur le maire, merci de nous avoir débarrassés des journalistes pour un moment. C'est bien appréciable. [...] Non. Ce n'est plus un possible

97

enlèvement, hélas ! A présent, c'est un cadavre que nous devons chercher. [...] Oui. [...] Oui, certainement...

La porte se referme sur le policier qui reprend sa place devant la porte dehors.

*

En repartant sur ses pas, la mère remarque une tache de liquide sombre qui s'écoule de sous une porte. Elle avance doucement pour mieux y voir.

- Madame Gertrape ? Vous êtes là ? Il y a une fuite ici...

Elle décide d'ouvrir la porte pour se rendre compte des dégâts. Il y a une petite lumière qui éclaire la pièce. La mère entre en regardant le sol où elle bute sur le corps allongé au sol de son mari. Elle s'aperçoit qu'il est décapité et baigne dans son sang. La hache qui a servi au crime est encore posée un peu plus loin contre le mur. Elle est pétrifiée, aucun son ne sort de sa bouche qui tente pourtant de crier. Puis son regard se relève lentement et là, on peut lire l'horreur absolue sur son visage. Sa fille. Elle est ici.

Le cadavre de l'étudiante est maintenant bien mutilé. Elle a été découpée dans sa chair. A côté, sur la gazinière, quelque chose mijote dans la marmite. Des morceaux de viande avec des os bien apparents. La vieille y a attrapé un bout de viande avec un grand couteau de boucher. Elle est couverte de sang, la bouche pleine, elle se retourne lentement vers la mère et lui tend le morceau.

- Vous avez aimé ma quiche, ma petite ? De la viande de choix!

La mère terrorisée, commence à reculer, tremblante et peu sûre sur ses jambes. Aucun son ne sort de sa bouche, et des larmes coulent de ses yeux. Le temps d'un sifflement, et elle se reçoit un couteau pile entre les deux yeux.

LES ENFANTS PERDUS

La pièce est plongée dans l'obscurité, le jour décline. Le plus grand des désordres est installé dans le moindre recoin et l'on arrive à distinguer de petites ombres se déplacer furtivement en même temps que l'on entend le bruit léger des petites pattes qui galopent sur le sol et les meubles. Ce sont des rats. Beaucoup de rats de toutes tailles.

Dehors, le vent souffle fort et s'engouffre à l'intérieur par la fenêtre brisée et mal rafistolée avec du gros scotch d'emballage et du papier journal.

La pièce entière exprime la pauvreté et la saleté. Le sol est bien trop encrassé pour parvenir à discerner quel en est précisément le revêtement. Il y a de la vaisselle sale posée partout, au milieu des emballages vides de pizzas et de boîtes de conserves... et des excréments des rats. Ces derniers se partagent le territoire avec nombre de cafards. Le réfrigérateur a la porte qui tient avec une vieille corde. Un vieux réchaud au fil dénudé est posé en équilibre sur la vieille table, au centre de la pièce. Le lave-linge est éventré et son moteur lui repose dessus. La pièce compte un vieux canapé sale et troué contre un mur, un porte-manteau sur pied dans un angle, un meuble télé en face du canapé, mais au milieu de la pièce, et un vaisselier contre le mur qui jouxte le passage allant vers la cuisine. Tout y est aussi sale que dans l'autre pièce, des canettes de bière vident jonchent le sol au pied d'un carton rongé par les rats et faisant office de table basse. Les cendriers sont pleins et la pièce est enfumée comme si l'on n'ouvrait jamais les fenêtres. Là encore, des rats se promènent au milieu des cafards et des meubles.

Par la porte, opposée à la cuisine et qui s'ouvre sur le couloir menant aux commodités et à la chambre, apparaît un jeune garçon d'environ une dizaine d'années. Il est habillé pauvrement, mais semble relativement propre sur lui. Même en cet intérieur, il porte un pull en laine et un gros blouson pour se protéger du froid qui règne dans cette maison. Ce jeune garçon avance sur la pointe des pieds, regardant partout dans la pièce, visiblement à la recherche de quelque chose. Il se déplace sans faire le moindre bruit.

Il traverse le salon aussi discrètement qu'il est apparu. C'est à peine si les rats le remarquent. Il avance, fouillant la pièce du regard.

Le jeune garçon s'apprête à entrer dans la cuisine quand, venant du vaisselier, résonne brièvement un petit rire étouffé d'enfant.

Il regarde le meuble avec un petit sourire et s'avance vers l'endroit où se cache toujours son jeune frère lorsqu'ils jouent à ce jeu.

La main du jeune garçon ouvre brusquement la porte.

- Bouh ! Je t'ai trouvé !

A l'intérieur du meuble, se cachait un autre enfant, un peu plus, jeune, âgé d'environ huit ans. Il éclate de rire en voyant son aîné.

L'aîné aide son jeune frère à sortir du meuble et l'entraîne aussitôt dans une partie de chatouilles.

- Ha ha ! Tu croyais que je ne te trouverai pas hein ? Ha ha ha ! Je t'ai eu ! Je t'ai eu !

Le jeune frère rit aux éclats et fait mine de se débattre, mais très vite l'aîné cesse son «attaque» pour serrer son petit frère très fort dans ses bras.

Beaucoup de tendresse se dégage entre eux. C'est à ce moment-là que résonne le bruit d'une clé qui tente d'ouvrir la porte d'entrée. Les deux enfants sursautent et se figent. Leurs regards inquiets sont braqués sur la porte de la cuisine.

La poignée est soudain secouée violemment, mais la porte ne s'ouvre pas.

- Bordel de merde ! Salope ! Ouvre-toi !

Un coup fait trembler la porte. Les deux enfants apeurés se regardent brièvement et déguerpissent dans la direction opposée.

Ils sortent du salon par la porte d'où est arrivé l'aîné précédemment. Ils courent, ouvrent la porte d'un grand placard et s'y enferment. Un homme vient d'entrer et referme violemment la porte.

- Quel temps de merde !

L'homme est assez grand, mais tellement gras que sa taille ne compense pas du tout, et bien plus sale encore que sa maison. Sans se dévêtir, il ouvre le frigo et y attrape une bière.

C'est la dernière bière du paquet. Le frigo est désespérément vide, à l'exception d'un peu de lait et d'un fond de casserole de pâtes.

- La putain ! Plus de réserves ! Je vais boire quoi moi ? Du petit lait ? (Il prend le pack de lait et le jette au sol. Le lait se répand partout sur le carrelage) Elle a intérêt de ramener son cul vite fait avec mes bières!

Et il claque violemment la porte du frigo. Il enlève son manteau et l'envoie en direction du porte-manteau. L'habit va droit au sol, sur une poignée de rats. S'approchant du canapé, il jette à terre tout ce qui se trouvait dessus avant de s'y affaler lourdement... Et après avoir cherché sa télécommande, il allume son téléviseur. Une publicité pour la bière apparaît à l'écran. Il s'empresse d'ouvrir la sienne et boit la première gorgée en trinquant avec sa télévision.

- Haaaaa ! Pile à l'heure. Hé ! Les morveux ! Pas un bruit ! C'est l'heure de mon émission... Papa va pouvoir se détendre un peu.

Il monte un peu le son avec sa télécommande. Le titre apparaît sur les images, en blanc, brièvement: « Le bureau du plaisir ». Un patron en costume chic est à son bureau et à l'aide de l'interphone, il appelle sa secrétaire. Dès que celle-ci entre dans la pièce, ils se font du charme, flirtent et très rapidement, il la plaque sur le bureau. C'est un porno qui défile à l'écran. L'homme a la main dans son jogging pour se caresser. Soudain, on entend une quinte de toux depuis le placard. C'est un des deux enfants qui n'a pu se retenir. Perturbé et en colère, le père se lève d'un bond, baisse le son pour mieux crier et se met à hurler depuis le salon à l'intention des deux enfants.

- Putain ! Je vous ai dit : Silence ! C'est mon émission, merde ! Vous voulez que je me déplace ? Une bonne correction, c'est ça que vous cherchez ?

Dans le fond du placard, les deux gamins sont blottis l'un contre l'autre, sur un petit matelas et enveloppé dans une couverture. Quelques vieux jouets, un ballon de foot, et deux petits cartables sont posés par terre. Quelques habits d'enfants sont accrochés à des cintres. Ce placard est visiblement leur chambre. Le plus âgé est en train de lire une histoire - "Le conte de Montecristo" - à son petit frère qui tient une lampe braquée sur le livre quand le père se met à crier.

- Vous allez voir comment moi je vais vous mater! Arrêtez ou vous allez recevoir une raclée dont vous vous souviendrez toute votre vie ! Vous entendez ! Toute votre putain de vie ! Hahahaha.

Soudain, plus de cris. Les enfants chuchotent entre eux.

- Loïc ? C'est quand que papa redeviendra gentil comme avant ? Je me souviens moi... quand il jouait avec nous et faisait même des câlins... Hein, Loïc ?

- Oublie tout ça petit loup... C'est terminé...

- Pourquoi ?

- Il boit, il boit beaucoup trop, et il ne travaille plus, il ne cherche même pas... Il s'est détruit avec tout ça.

Maintenant, l'homme à la TV reçoit une cliente venue demander une campagne de publicité... mais veut parler du travail plus tard... Elle quitte son manteau et dévoile qu'elle est en sous-vêtements. Et le patron ne se fait pas prier pour répondre à ces avances.

L'homme est affalé, la main passée sous la ceinture de son pantalon de jogging. Après avoir fini son affaire, il retire sa main qu'il essuie sommairement sur le canapé, juste à côté de lui. Son regard est attiré vers le sol et il se met à sourire. Il se redresse et ramasse une canette de bière de par terre. Une fois décapsulée, il l'engloutit d'une traite et se rebaisse pour en ramasser une autre. Il se réinstalle confortablement et remonte le son. C'est de nouveau une pub d'alcool et il engloutit encore sa bière d'un trait tout en rotant sans retenue.

La porte s'ouvre sur la mère de famille qui rentre chez elle. Petite, menue, elle porte un gros sac de courses qu'elle pose sur la table. Après avoir refermé la porte et allumé la lumière, elle enlève son manteau et dévoile ainsi sa tenue de femme de ménage.

Le mari déboule dans la cuisine comme un fou.

- Putain ! Tu le fais exprès ! Autant de boucan, ce n'est pas possible ! Salope ! Tu sais que c'est l'heure de mon émission ! Merde! T'as au moins pensé au ravitaillement ?

Il ne parle plus, il grogne sourdement, le visage rouge de colère. Ses yeux se lèvent vers sa femme.

- Mais comment veux-tu ? On n'a plus le sou...Il faut bien manger... et tu as déjà bu ce soir, je le sens, alors...

- Ta gueule ! Incapable !

Il enrage et devient rouge de colère, les poings crispés. Il hurle tout en lui assénant une gifle en pleine figure, si forte qu'elle l'envoie contre le mur puis au sol. Elle saigne de la bouche et son visage est rouge du coup. Le mari s'apprête à faire le tour de la table. Cherchant où s'abriter, la femme se relève, mais trébuche aussitôt contre le lave-linge et retombe au sol lourdement.

- Tu m'emmerdes ! Tu m'emmerdes ! Tu me gâches la vie ! Tu crois que c'est pas assez dur d'avoir perdu mon putain de job ! Faut que t'en rajoutes ! Et tes sales gosses ! Tu penses qu'à leur faire des petits plats, hein ? Et mes besoins à moi ? Salope !

Elle rampe sur le sol et il la suit en jetant tout ce qui lui tombe sous la main et le contenu du sac par terre.

- Et regarde cette baraque ! On vit dans la merde, alors ? T'es pas foutue de faire le ménage ? Et je te parle même pas du cul... Ha là, c'est la traversée du désert... Marre ! Marre ! Marre ! Je vais te dresser moi!

Ils ont quasiment fait tout le tour de la table, il tente de l'attraper, mais elle passe sous les chaises jusqu'au lave-linge.

La porte du placard s'entrouvre. Le grand frère veut aller voir ce qu'il se passe, mais le plus jeune le retient fort par le bras, les yeux implorants.

La mère est en pleurs dans la cuisine.

- Je t'en prie, calme-toi... Non !

103

- Me calmer ! Me calmer ! C'est toi que je vais calmer ! Hurle l'époux ivre à pleins poumons.

Il lui assène un grand coup de pied dans le ventre et dans la foulée, alors qu'elle est pliée en deux, il lui fait violemment tomber le moteur du lave-linge sur la tête. Elle a le crâne éclaté, du sang se répand et attire rapidement les rats. Le mari se recule un peu, surpris de ce qui vient de se passer, mais aussi étrangement fasciné.

- Oh merde ! Ça fait un drôle d'effet en vrai !

Le mari retourne tranquillement s'asseoir sur son canapé, devant sa télévision, comme si de rien n'était. On le voit tituber, trop saoul pour vraiment réaliser.

- Ben voilà, on est au calme. Hé hé hé !

Le bruit de la télévision démontrant qu'il est toujours sur un film pornographique. Il remet la main dans son pantalon de jogging, mais s'endort presque aussitôt. Par l'encadrement de la porte, venant du couloir, le plus âgé des deux enfants s'assure que l'homme est bien endormi. Il en est certain quand il voit un rat passer sur son beau-père sans l'éveiller, ni même le faire frémir. Il guide alors prudemment son jeune frère à travers le salon.

Les deux frères arrivent dans la cuisine. L'aîné a très rapidement le réflexe de cacher les yeux de son jeune frère. Il le guide maintenant à travers la cuisine. En longeant la table, il ne peut s'empêcher de regarder vers le corps de sa mère. Les yeux pleins de haine, il se retourne vers l'homme qui vient d'assassiner sa mère. Ce geste libère un instant le regard de son cadet qui voit le cadavre de sa mère et se met à hurler. L'aîné tente et parvient à retenir son frère qui veut courir vers sa mère alors que l'homme s'éveille en sursaut, hurlant de colère !

- Putain ! La ferme ! C'est quoi ce bordel ! Je vais vous corriger aussi !

Il veut se lever du canapé précipitamment, mais en tombe lourdement. Il ne tient plus debout. L'aîné entraîne son frère vers la sortie, ouvre la porte, et ils sortent en courant.

- Vite ! Cours ! Il va nous tuer !

Le plus jeune hurle de toutes ses forces, mais suit son frère à toute vitesse. Ils sortent de la maison sains et saufs.

PAR DELÀ LA MORT

Qui d'entre nous ne s'est jamais posé la question de ce qui nous attend après ? Oui, cet après qui hante nos esprits, cette fin inéluctable et que paradoxalement nous nous efforçons d'ignorer comme si cela pouvait encore nous en préserver.

La mort. Un mot qui peut nous glacer le sang, nous offrir des nuits entières de cauchemars, mais aussi nous fasciner par de nombreux aspects...

La mort, source de tant de superstitions depuis la nuit des temps, de si diverses croyances, et de si grands mystères.

La mort, celle qui ne nous dévoilera tous ses secrets qu'à l'instant où nous nous perdrons corps et âme en elle.

Que l'on soit croyant ou non, il est un fait certain, la vie ne cesse pas avec l'arrêt du cœur Non, non, je vous assure. Que notre esprit devienne néant, qu'il s'élève dans un au-delà, qu'il voyage on ne sait où, qu'importe, qu'il fasse ce que bon lui semble... En cet instant, je vous invite à plonger dans la merveilleuse aventure de la vie par delà la mort.

Au commencement, voici ce corps qui nous dit « Ça y est. Tu as épuisé tout le temps qui t'était imparti. Ta vie s'arrête ici et maintenant. »

C'est le début de la rébellion ! Écoutez tout d'abord ce souffle qui se fait de plus en plus faible, de moins en moins répétitif pour en devenir inexistant. Les poumons ne font plus leur travail. Ils ont rendu les armes. Tout de suite après, c'est au tour de la circulation

105

sanguine de s'arrêter. Évidemment, elle ne reçoit plus aucun carburant à transporter. A quoi bon continuer ? Mais là où tout se termine selon notre perception, c'est lorsque le berceau même de notre âme ne répond plus. Les médecins nomment ceci « la mort cérébrale ». Là, ça y est, je vous annonce officiellement votre décès.

Et puis quoi ? Me direz-vous ? Tout est fini. Et bien détrompez-vous, c'est là que notre nature et notre corps deviennent réellement passionnants, car oui, oui, la vie continue. Écoutez bien, il s'agit de notre futur à tous.

Saviez-vous que la mort n'intervient pas de façon simultanée dans notre organisme ? Tous les organes ne décèdent pas en même temps. Alors, mes amis, nous passerions donc de l'état de vivant, puis à celui de mort-vivant en quelque sorte avant que le décès ne soit total. N'est-ce pas délicieusement effrayant. Nos peurs les plus ancrées. Nos terreurs les plus profondes relèvent peut-être d'un savoir inconscient. La certitude que tout ce qui nous effraie est bien réel.

Permettez-moi d'avancer un peu dans le temps. Nous voici à présent quelques heures après votre décès. Votre température a chuté et votre corps tout entier a atteint le stade de rigidité cadavérique. Eh oui, ce filou continue d'évoluer sans vous. Et d'être probablement plus ferme que vous ne l'avez jamais vu. Tout ce sport, cette chirurgie esthétique, ces souffrances infligées pour en arriver là. Franchement... Vous qui avez toujours été si flasque. Enfin bref. Continuons, car notre organisme se débrouille tellement mieux lorsque nous ne lui imposons plus rien. Le meilleur système de recyclage existant.

Après quelques jours, tout se relâche... Et nous allons découvrir les joies de la putréfaction. Eh oui mes amis, cela fait pleinement partie de notre nature humaine. Prenons conscience de ce qui nous attend, après tout, nous y passerons tous, non ? N'êtes-vous pas curieux ? Allez, nous savons bien le côté pervers et voyeur de nos âmes. Celui qui nous fait ralentir lors des accidents de la route, celui qui nous permet de regarder des horreurs aux informations tout en nous régalant copieusement de nos festins posés sur la table à ces heures de repas. Celui qui nous fait apprécier autant les arts horrifiques, car après tout, nous pouvons dire ainsi pour nous soulager «Ce n'est qu'un film. Ce n'est qu'un livre...» mais nous aimons tellement cela. Alors, je suis certain que vous m'accompagnerez jusqu'au bout de ce voyage de la mort vivante.

Où en étais-je ? Ah oui, la putréfaction. Et là, je pense à vous toutes, mesdames. Vous aimez cela vous peinturlurer le corps et la figure, n'est-ce pas ? A ce stade, vous avez le choix. Le violacé laissé par la stagnation du sang. Ces charmantes lividités cadavériques apparaissent tout d'abord dans le cou. Un suçon mortel en quelque sorte. D'accord, d'accord, pas très glamour je vous l'accorde, mais à regarder tout cela en face, autant s'offrir quelques quolibets, non ?

Du violet, passons ensuite au verdâtre qui apparaît toujours, inexorablement sur la partie abdominale. Car c'est la flore intestinale qui ouvre le bal ! Avez-vous une idée du nombre de petites bestioles grouillantes qui se terrent là dedans ? Même en ce moment, là, où vous lisez ces quelques lignes. Nous sommes un véritable hôtel de luxe pour toutes les bactéries et larves qui s'y développent. Vous ne vous traumatiserez peut-être plus autant devant des petits insectes inoffensifs qui approchent de vous au quotidien ? Nous en sommes remplis. Et après notre mort, ils nous adorent, eux.

A ce stade, la vie continue dans notre organisme, mais aussi en dehors, car se joignent à la danse macabre nombre de vers et d'insectes, les mouches en tête. Vous voici devenu à vous seul un incroyable écosystème où chacun peut vivre, se nourrir, se reproduire et bien évidemment, pondre. N'êtes-vous pas fier de contribuer ainsi à tant de nouvelles vies ? Émouvant, non ?

Et ce n'est qu'au bout de quelques années que vous serez enfin parvenu au stade de poussière.

Quelques années... Voyez quelle aventure incroyable que la mort du corps. D'abord, une transition où nous ne sommes pas totalement morts, pas totalement en vie. Et tout un processus apportant la vie. Avant de disparaître complètement.

La mort, n'est pas juste une fraction de seconde à passer. Cela va bien au-delà. Au-delà de la mort comme nous la concevons. Et dire qu'elle nous effraie tant. C'est une aventure comme une autre au fond.

Dépôt légal 2ème trimestre 2013

PGCOM Editions Route Inthatarteak 64480 Ustaritz

www.ingramcontent.com/pod-product-compliance
Lightning Source LLC
Chambersburg PA
CBHW030528260626
47157CB00005B/1921